The Largesse of the Sea Maiden

Denis Johnson

海仙女的馈赠

［美］丹尼斯·约翰逊　著

应　晨　译

上海译文出版社

目　录

海仙女的馈赠

寂　静

晚餐后，没有人马上回家。我觉得，大伙儿对晚餐都相当满意，巴不得伊莱恩照原样再做一桌，我们可以再吃一轮。这些参加晚餐的人，我们是通过伊莱恩的义工活动认识的——没有我工作中的熟人，没有广告公司的人。我们围坐在客厅里聊天，描述着各自听到过的最大的声音。有一个人说，他听到过的最大的声音是他妻子说不再爱他了，她说她要离婚。另一个人回忆起冠心病发作时的心跳声。蒂亚·琼斯三十七岁就做了外婆，她希望再也不要听到外孙女在自己十六岁的女儿怀里号啕大哭的声音。她的先生拉尔夫说，每当自己的弟弟在公共场合说话，他的耳朵就一阵刺痛，因为他弟弟有图雷特氏综合征 ①，会在陌生人面前大喊大叫："我会打飞机！你的老二闻起来真不错！"无论是在公共汽车上，电影院里，甚至是教堂里。

一个叫克里斯·凯斯的年轻人把话题一转，建议大家

---

① 图雷特氏综合征，又称妥瑞氏症、抽动症，是一种抽动综合征。这是一种遗传性的神经内科疾病，通常发生于学龄前至青春期前。患者会不由自主地发出清喉咙的声音或耸肩、摇头晃脑等。——本书脚注均为译注

聊聊寂静的片刻。他说他听过的最寂静的声音是在阿富汗的喀布尔城外，一颗地雷引爆，炸飞了他的右腿。

他讲完之后，大家一时无话可说。事实上，人们陷入了一片沉默。有些人之前不知道克里斯失去了一条腿。尽管他走起路来有点跛脚，但并不明显。我根本不知道他参加过阿富汗战争。"地雷?"我问。

"是的，先生。一颗地雷。"

"我们能看看吗?"戴尔德丽问。

"不行，女士，"克里斯说，"我不会把地雷带在身上到处走。"

"啊，不是! 我是说看看你的腿。"

"我的腿已经炸没了。"

"我是说看看剩余的部分。"

"如果你肯亲它，我就给你看。"克里斯说。

人们哄堂大笑，开始聊起自己亲吻过的最可笑的东西。结果没发现什么更有意思的，我们都只亲吻过人，而且只是人们通常亲吻的那些部位。"怎么样，"克里斯对戴尔德丽说，"现在你有机会给这个话题增加一点独一无二的内容。"

"不，我不想亲你的腿。"

虽然没人明说，我觉得大家对戴尔德丽都有点恼火，我们都想看看这一幕。

那天晚上，莫顿·桑兹也在，大部分时间里他都不说

4

话。这会儿他开口了："天哪，戴尔德丽，别推辞了。"

"那……好吧。"戴尔德丽说。

克里斯把右边的裤腿提起，把裤脚卷到大腿中部，卸下假肢，假肢是金属铬制的，用塑料带固定在膝盖上，膝盖是完整的，下面的部分很难看地向上卷起，露出腿的末端褶皱的地方。

戴尔德丽在他面前跪下，裸露的膝盖撑在地面上，克里斯和拉尔夫·琼斯坐在同一个沙发上，他从坐的地方向前倾，把带着伤疤的断肢抬到离戴尔德丽的脸两英寸的位置。戴尔德丽哭起来。大家都觉得尴尬，也有点羞耻。

大伙儿等了差不多有一分钟的时间。

这时拉尔夫·琼斯说："克里斯，我记得见过你在艾斯酒馆外一次打倒两个家伙，真不是盖的。"琼斯对我们说："他和这两个家伙走出酒馆，把他们打得屁滚尿流。"

"我本可以放他们一马的，"克里斯说，"他们喝太多了。"

"克里斯，那天晚上你真是大显威风。"

我衬衣口袋里有支很棒的古巴雪茄。我打算出去抽一口。晚餐这么好，我想再抽支好烟就锦上添花了。不过这种时候，我又不想错过事情的发展。一个女人亲吻一支断肢毕竟不常见。然而琼斯的多嘴多舌把一切都毁了，完全破坏了现场的气氛。克里斯把假肢安装回原处，把带子系紧，裤腿放下。戴尔德丽站起身来，擦干眼泪，抚平身上的裙子，坐了下来，一切到此为止。这个故事的结局是六个月后，克里斯和戴尔德丽在市政厅，在同一拨人的注视下，在法官面前结为夫妇。是的，他们成了夫妻，你我都知道是怎么回事。

共　犯

　　我想起另一个关于寂静的故事。两年前，我和伊莱恩在米勒·托马斯家里吃晚饭，托马斯是我在曼哈顿工作的那家广告公司的前老板。是的，他和太太弗朗西丝卡后来也搬到了我们这里，但比我和伊莱恩要晚很多年。他以前是我的老板，现在退休住在圣迭戈。晚餐时，我们喝光了两瓶红酒，也许三瓶。饭后我们一起喝了白兰地。餐前我们喝了鸡尾酒。我们不算特别熟，也许喝酒可以让我们热络起来。喝过白兰地，我开始喝苏格兰威士忌，米勒喝波旁威士忌，虽然那天天气暖和，屋子里还开着中央空调，但米勒说晚上天凉，便燃起了壁炉。只消一点引火液，一根火柴，就能让一堆木柴噼噼啪啪烧起来，然后他在火上加了两根大块的橡木，据他说是当季很好的木材。"你正在变成一个资本主义者。"弗朗西丝卡说。

　　我们站在炉火前，我和米勒伸出胳膊，看我们用两只手能平衡托起多少本书。伊莱恩和弗朗西丝卡把书放在我们伸开的手上，我俩一次次失去平衡，这逐渐变成了力量的角逐。我不记得最后谁赢了。我们不断地要求添加更多的书，两位太太不停地加书，最后，米勒书房里的大部分书籍都散落在地板上。他的壁炉架上方挂着马斯登·哈特利①的一张小幅画作，那是一幅看起来疯狂的、大部分是蓝色的风景油画，我说也许这儿不适合挂这么昂贵的油画，它离烟火太近了。借着昏暗的灯光和火光，我能看出这幅画的确是大师之作，在它周围的地板上堆满了散落的书籍。米勒不爱听这话，他说自己花钱买下了这幅大作，就是它的主人，他可以随心所欲把它放在任何地方。他走近炉火，摘下油画，转身面向我们，把画举在身前，说如果他愿意，可以把画扔进炉火里，就让它待在那儿。"这幅画是不是艺术？当然是，但是听着，"他说，"艺术不是这幅画的主人。我的名字也不是艺术。"他把油画平举着，像端着个托盘，画着风景的一面朝上，把画在炉火上来来回回地挥舞……奇怪的是，我几年前听人讲过几乎一模一样的故事——在一个相似的夜里，人们一杯接一杯地喝酒，大吵大嚷地对话，四处散落着书本，还有米勒·托马斯和他心爱的哈特利风景画，最后米勒把画举向炉火，声称这是他的财产，并威胁说要烧了它。在那个晚上，客人们说服他平静下来，把画挂回原处，但是今天晚上——为什么呢——当他把自己的财产投向炉火，然后转身走开的时候，没有人试图拦住他。画布上出现了一个黑点，像一团烟雾一样迅速扩大，

---

① 马斯登·哈特利（1877—1943），被认为是 20 世纪初美国最重要的现代主义画家，也是诗人和小说家。

8

发出细小的火焰。米勒坐在客厅对面的椅子上，靠近灯光闪烁的窗户，手持一杯酒远远看着。他一言不发，一动不动，远离众人。在静默中，木质的画框卷曲成漂亮的形状，一幅杰作逐渐消失，先是在扭曲中变成黑色，很快变成飘舞的灰色，最后消失在火焰中。

广告人

　　今天早上，我被生活的悲哀撞了一下腰，差点儿人仰马翻——我想到青春早已远去，往日悔恨挥之不去，新的悔恨接踵而至，人生的颓败以各种形式一再重演。当时我正从自己上班挣钱的地方往外走，我觉得自己并不擅长这份工作。由于抓起公文包的时候动作过大，公文包里的东西一半被我倒在自己腿上，另一半散落在停车场的地面上，捡东西的时候，我又把车钥匙落在车座上，手动锁上了车门——这是老年人的习惯，就这样我把车钥匙反锁在了休闲越野车里。

　　我回到办公室，让夏琳帮我找个锁匠，再帮我约个背部按摩。

　　在我背部的右上方，有根神经时不时有揪痛的感觉。它被称为 T4 神经。这些神经并不是一些纤细脆弱的粉色线条，它们有小拇指那么粗。我的这根神经卡在几块僵硬的肌肉之间，导致我连着几天甚至几个星期的时间里，只能依赖服用阿司匹林、按摩和推拿来缓解，此外别无他法。我的右臂上有种刺痛感，还有点麻，有时又会钝痛，像是被压制住的折磨，又像是一种不可描述的令人困惑的疼痛。

这是个信号：每当我为某件事情焦虑的时候就会这样。

让我吃惊的是，夏琳对我焦虑的根源了如指掌。很显然，她抽空上网搜过自己的老板，知道我即将去纽约接受一个电视动画广告的奖项。这个奖项是颁发给我以前在纽约工作的团队的，但我是团队里唯一去参加颁奖典礼的人，大概也是多年后唯一仍对这个奖项保有兴趣的人。这一丁点儿的奖赏，正好成为我阴郁生活画面上的点睛之笔。团队里的其他成员早已另谋高就，去了更高级的广告公司，获得了更大的成就。而在过去二十多年里，我一直闷头向前，直到事与愿违碰了壁才停止下来。与此同时，夏琳过分热情，像是一个护士对自己的医院引以为豪，期待着我对即将面对的不圣洁的治疗手段赞叹不已。我对她说："谢谢！谢谢！"

从我进入办公室的接待区到交代完事情，整个过程夏琳一直戴着一副狂欢节用的假面具，面具上闪着艳俗的金属光泽。我没问她原因。

我们的办公环境是新潮设计，全公司的人在一个巨大的顶棚下工作，像个马戏团——空间不拥挤，大家容易相处，四周是宽敞的休息区，排列着游戏机和一个篮球架，夏天的时候，每个星期五都有"欢乐时光"的免费扎啤。

我在纽约时的工作是电视广告制作。在圣迭戈，我编写设计那些熠熠闪光的广告册，这些广告册大多是为一个西部的度假村集团设计的，在那儿可以打打高尔夫，或者在马道上骑骑马。别误会，加州到处是漂亮的景点，把它们介绍给可能喜欢这儿的人也算是我的荣幸。只不过，这根揪痛的神经实在扫兴。

撑不住的时候，我就休息一天，去参观巴尔波亚公园里的一个很大的美术馆。就像今天，锁匠把我的车门打开后，我开车来到美术馆，在侧厅的一个房间里听一位女性非主流艺术家慷慨陈词："人就是艺术！艺术就是人！"[①] 我听了五分钟，从能听懂的寥寥几句来看，说它浅薄都是过誉。她的画作同样设计晦涩，图案繁复，风格倒是统一。我沿着展厅的展示面走来走去，能看懂多少是多少，反正也没多少。不过，看一个小时左右的画展总能改变我看待事物的方式——比方说今天吧，一群精神有缺陷的成年人在这儿参观，他们扭曲的手在空中挥舞着，东倒西歪的脑袋在画作间穿梭，就像是电影里的一群丧尸，不过是好的丧尸，有思想，有灵魂，对某些事情感兴趣的那种丧尸。美术馆外，那些平时摆放着很多大型金属雕塑的地方，正在挖沟重建——索斗铲像只正在废墟上啃食的巨兽，旁边有一个妇女和一个孩子在静静观看，小男孩站在长椅上，

---

① 非主流艺术（Outsider Art）又被称为局外艺术、外来艺术，起源于1970年代，指由自学或天真的艺术家制作的艺术。通常情况下，那些被称为非主流艺术家的人与主流艺术界或艺术机构的联系很少或根本没有。非主流艺术常常表现出极端的心理状态、非常规的想法或精致的幻想世界。

面带微笑，长着一双斜视眼，身边的妈妈牵着他的手，两人都一动不动，像是一幅美洲大地遗址的照片。

然后，我去做了背部按摩，按摩师穿得像个小精灵。

看来我家周围医疗机构的所有员工今天都做了万圣节的装扮。我坐在车里，等着轮到我按摩的时间，这是今天能安排上的最早时段。我看到一位瑞士挤奶女工打扮的人吃完午饭回来，接着是一个绿脸的女巫，然后是一位脸被晒成橘黄色的超级英雄。接下来，我做了按摩，按摩师穿着紧身衣，戴着耷拉在一边的帽子。

至于我？我和平时的装扮一样。假面舞会还得继续下去。

告　别

　　伊莱恩在厨房墙上新装了一台外形时髦的蓝色电话机，听筒像顶帽子，按键下面是来电显示屏。我从按摩师那儿回来，刚进家门，看到这台设备的时候，它恰好响起轻快且有节制的铃声，狭小的显示屏上出现了十位号码，我不认识。这种未知号码的来电我一向是置之不理的，不过这是新电话的第一次来电，是它传达的第一个讯息。

　　按下接听键，我就琢磨自己是不是会后悔，手里握着的是不是个错误，我是不是正把这个错误举到头边，冲着它说了句"哈啰"。

　　打电话来的是我的第一任妻子，维尔吉尼娅，我一直叫她金尼。很多年前，我们俩在二十刚出头的时候结了婚。一起过了三年抓狂的婚姻生活后，我们分道扬镳了。后来我们没再说过话，也没什么理由联系。现在终于有了一个理由：金尼快死了。

　　她的声音微弱，对我说医生已经放弃，她安排好了后事，医院里的护工对她很好。

　　她把这称为尘世穿越。在结束穿越前，金尼想和一些

14

人了却过去的恩怨，一些男人，尤其是我。她告诉我她受了多么深的伤害，而她多么希望自己可以原谅我，但她不知道能否做到——她希望可以，我让她放心，从我破碎的心灵深处，我也希望她能原谅我。我痛恨自己感情上的背叛，财务上的隐瞒，痛恨自己把人生的无趣掩饰成秘密，甚至痛恨自己有任何秘密。在经过四十年的沉寂后，金尼和我终于开诚布公，我曾用各种各样的方法剥夺了她了解真相的权利。

在这个过程中，我忽然变得非常不安，有些眩晕、冒汗和焦虑，我在琢磨自己是否犯了个错误——万一对方不是我的第一任妻子金尼，而是第二任妻子珍妮弗（我叫她珍妮）呢？我之所以有这样的疑虑，是因为她的声音太虚弱了，而且我被这个坏消息震惊得脑袋嗡嗡作响，以及在这个重要的时刻，当她努力和我交谈时，她身边的一切杂音都在干扰我们——人们走来走去，还有我猜想是呼吸机发出的声音——总之，我们谈了大约十五分钟后，我不再记得我接电话时对方是不是真的说了自己的名字，我忽然不知道自己正在悔恨的是哪些罪过，也无法确认此刻在厨房餐桌边，这一场让我屈膝忏悔的生死别离，到底是和维尔吉尼娅，还是和珍妮弗。

"这真是很难，"我说，"请等我一分钟。"我听到她说好的。

我感觉整个家空空荡荡。"伊莱恩？"我大喊。没有回

15

答。我用洗碗布擦了一把自己的脸，脱下外套挂在椅背上，又喊了一遍伊莱恩的名字，然后拿起话筒。电话那头没人了。

当然，电话机里的某个地方存有刚才来电的号码，这个号码不是金尼的就是珍妮的，但是我没去求证。我们已经谈开了，无论是金尼还是珍妮，听到我真诚的致歉，也应该满意了——况且，我在她俩身上犯的是同样的错误。

这么一天下来，我累了。我给伊莱恩的手机打了个电话，商量好今晚她自己在城东的快捷酒店里过夜。她在那一带做义工，帮助一些成年人识字阅读，有时候她工作晚了，就在附近过夜。好吧，我把家门上的三个锁都锁上，准备上床休息。我没提起电话的事情，早早睡下了。

我梦见一片广阔的原野——大象，恐龙，蝙蝠洞，奇形怪状的土著之类的。

我从梦中醒来，再也无法入睡，我在睡衣外裹上长睡袍，穿上乐福鞋，出门散散步。一天中的任何时候，这一带都有人穿着浴袍在街上走，不过通常手里牵着宠物。我们住在一个很好的社区，有一个天主教堂，还有一个摩门教堂，一座豪华的镇政府大楼，楼前有开阔的绿地，我们住的这一侧街道上，有些相当气派的房子。

不知道你是否和我一样，在生命中收集和保留了一些奇异的片刻，在那些片刻里，神秘感在冲你眨眼，如同此时，你穿着浴袍和镶着流苏的平底鞋，一步步走出自己住的地方，周围是很多已经打烊的店铺，从一扇印着字的玻璃窗里，你隐隐看到自己的影子，招牌上写着"天空和芹菜"。

走近后看，招牌上写的是"滑雪和单车店"①。

我开始往家走。

<hr/>

① "天空和芹菜"（Sky and Celery）、"滑雪和单车店"（Ski and Cyclery）英文写法很接近。

遗孀

这天我正和一个朋友吃午饭，他叫汤姆·埃利斯，是个记者。他说自己正在写一部两幕话剧，题材来自他为一篇关于死刑的文章收集材料时的录音访谈，尤其是其中的两个访谈。

第一个访谈是在一个下午，他采访了弗吉尼亚州的一名死刑犯，此人是犯谋杀罪的威廉·唐纳德·梅森，但这个名字在加州并不是家喻户晓，我也不知道自己怎么就记住了这个名字。梅森第二天要被执行死刑，十二年前他在抢银行时杀死了一名被他抓作人质的保安。

对于未来，除了第二天中午的最后一餐里要吃的牛排、豆角和烤土豆以外，梅森毫无期待，显得很放松，也很知足。埃利斯询问了他被捕前的经历、狱中的生活、对死刑的立场（他反对死刑），以及他对来生的看法（他认为人有来生）。

这位囚犯谈起自己的妻子时心存敬仰。他在被判死刑后才遇到未来的妻子，她是另一名囚犯的表妹，在一家体育酒吧做女招待，小费收入不菲。她喜欢读书，引导自

18

己的杀人犯丈夫读查尔斯·狄更斯、马克·吐温和欧内斯特·海明威的书。她正准备考地产中介执照。

梅森已经和妻子告别过,夫妇俩商定在执行死刑的一周前就把该做的都做完,他们共度了几次快乐时光,然后在梅森的大限之日到来之前就分手了。

埃利斯说,采访结束时,他感觉到和梅森之间产生了一种强烈的亲近感,这是他始料未及的,因为正如梅森自己所说,除了第二天将要安排他坐上轮床执行注射的工作人员以外,这次采访是梅森最后一次认识陌生人。换句话说,埃利斯是梅森认识的最后一个不会杀死自己的人。第二天,一切照常进行,在埃利斯采访的十八个小时以后,梅森死了。

一周后,埃利斯采访了他的遗孀梅森太太,才知道她告诉亡夫的大多是谎言。

埃利斯在诺福克找到这位遗孀,她不是在什么体育酒吧工作,而是在河边的一间地下室里,为客人做一对一的脱衣表演。为了见到她,埃利斯付了二十美元,他走下一个装着紫色灯泡的楼梯,坐到一把椅子里,面前是一个挂着帘子的窗子。窗帘向上卷起时,他大吃一惊,看到一名全裸的女子坐在有衬里的隔间的高凳上。当埃利斯告诉她,自己和她的亡夫一起度过了他最后一天生命中的两个钟头时,她同样也吃了一惊。他们谈起这个死囚的愿望和梦想,他最欢乐的记忆和童年的苦难,这些都是一个男人只会和自己的妻子谈起的内容。她的面庞看起来历尽风霜，但依然美丽，尽管双方没有了匿名的保护，她还是下意识地向埃利斯展示了自己身体的隐私部位。她时而哭泣，时而欢笑，时而大喊大叫，时而窃窃私语，一只手握着谈话时用的话筒，另一只手在空中做着手势，或者触摸着把两人隔开的玻璃。

说起对亡夫撒的那些谎，她又一次哈哈大笑。她似乎觉得任何人都会这么做。除了工作是假的，以及凭空捏造的地产中介考试外，她还给自己配备了一个宗教的灵魂，加入了一个并不存在的教会。幸亏有她的这些谎言，威廉·唐纳德·梅森在死去时是一名骄傲而快乐的丈夫。

就像之前他感觉到和被诅咒的杀人犯之间突然产生的亲密感一样，我的这位朋友在和遗孀谈话时也感觉到和她非常贴近，他们在谈论生死问题，而她全身赤裸地呈现在他面前，她坐在高凳上，红色高跟舞鞋远远搁在地上。我问埃利斯最后有没有和她上床，他说没有，但他想要，他肯定有这个想法，他确信那位裸体的遗孀也有这个想法，不过在那种地方他不能碰她。他们之间的对话——包括他对死刑犯的采访和他对裸体遗孀的采访——都隔着玻璃，以防任何激情冲动的行为。

在那一刻，把自己的需求说给她听似乎是个糟糕透顶的想法，但现在，汤姆后悔自己过于害羞。他告诉我，在剧本中，第二幕话剧的结局会有所变化。

然后我们随意地讨论起悔恨和懊恼的区别。一个人为自己做过的事情而悔恨，也为未能抓住的机遇而懊恼。接着出现了圣迭戈的咖啡馆里间或发生的一幕（发生频率之高超过你的预料）[①]：一个漂亮的年轻女人打断我们的谈话，想把玫瑰卖给我们。

---

①　圣迭戈有很多同性恋者。

孤　儿

我和汤姆·埃利斯的午饭是两年前的事了。我猜他始终没写出那个话剧，他只是告诉了我想法而已。今天我又想起这事儿，因为下午我去参加了一位艺术家朋友的追悼会，这是一位名叫托尼·菲多的画家，他跟我讲过一次相似的经历。

托尼在他家附近的地上捡到一部手机，他住在南边的纳雄耐尔城①，这事儿是我最后一次见到他时他告诉我的，两个月后他就消失了，或者说失联了。他先是失联，后来就死了。但是当他告诉我这个故事的时候，一点都看不出后面将会发生的事情。

托尼在家宅附近散步的时候，在夹竹桃花丛下看到这部手机。他捡起手机，继续散步，不一会儿感觉到口袋里的震动。他接通手机，对方是手机主人的妻子——实际上算是手机主人的遗孀，她解释说她的丈夫在不到二十四小时前去世，从那时起她每隔三十分钟就拨一次这个手机

---

① 纳雄耐尔城位于加州圣迭戈县。

22

号码。

她的丈夫是在头天下午的车祸中丧生的，就发生在托尼捡到手机的那个路口附近。一个老太太开着凯迪拉克撞了他。车撞上他的时候，手机从他手里飞了出去。

警察说他们在车祸现场没有看到手机。她在停尸房拿到的遗物中也没有手机。"我知道他的手机丢在那儿了，"她对托尼说，"出事的时候，他正在用手机和我说话。"

托尼主动提出要开车去她那里，然后当面把手机还给她，她把住址给了他，她在九英里外的柠檬果园路上。他到了以后才发现，她只有二十二岁，长得楚楚动人，而且正在和丈夫办离婚手续。

故事讲到这儿，我认为我知道接下来会怎么发展。

"她追我的时候，我对她说：'你要么来自天堂，要么来自地狱。'后来发现她来自地狱。"

托尼说话的时候，双手一直动个不停——抓起桌上的小东西重新摆好——他的头一会儿左右摇动，一会儿前后晃动。有时候他会说起自己画作中"节奏的力量"，还经常谈到工作时的"运动"。

我不太了解托尼。我能说的是，他大概接近五十岁，但看起来要年轻些。我第一次遇到他是在巴尔波亚公园里的美术馆，当时我正在观赏爱德华·霍普的一幅《科德角加油站》的画，他走到我身边。托尼主动谈起自己的见解，他的长篇大论既细致入微又犀利尖刻，主要集中在技术层

23

面，且只在技术层面，他谈到自己对所有画家的不屑，最后说："真希望毕加索还活着，我会挑战他——他画一幅我的，我画一幅他的。"

"你自己也是画家。"

"比他强的画家。"他指着爱德华·霍普说。

"那么，谁的画你觉得还行呢？"

"我唯一崇拜的画家是上帝，他对我的影响最大。"

我们开始每月碰头喝两三次咖啡，我得承认，每次都是托尼主动提出见面的。通常我开车去见他，他住在纳雄耐尔城里生机勃勃又杂乱不堪的拉丁裔社区里，我喜欢原生态艺术，也喜欢民间传说，所以很开心来拜访他凌乱破旧的家，里面摆满了他自己的画作，他像是一个孤儿国王生活在一个乱糟糟的城堡里。

他住的这座房子从一九三九年起就是他们家族的财产，一度曾是一幢宿舍楼，有十二间宿舍，每间都配有洗手池。"这倒霉地方大概是中了什么邪运：先是斯皮罗看管这房子，一直到死。然后是我妈照看它，也一直到死。我姐姐照看它，还是一直到死。现在我住这儿，也得到死。"他一边说，一边光着膀子招待我，毛乎乎的胸在画上蹭来蹭去。他说话很快，我几乎跟不上。他看起来的确有点不太正常，但是毫无疑问，他天赋中有自嘲和自我定位的幽默感，这让他身上的疯狂不那么显眼。怎么理解这种人呢？他有一次说："《华盛顿邮报》的理查德把我和梅尔维尔相提并论。"我完全不知道理查德是谁，也不知道斯皮罗是谁。

托尼描述起自己的作品和对自己作品的注解时总是滔滔不绝，不知疲倦——他的作品都藏在密码里，似乎是为了捉弄或者驱走那些不配欣赏它们的人。这些作品不是常见的精神分裂的奥赛德艺术家们的孩子气绘画，它们包含更多的技巧，大概和刺青艺术在一个等级上，长四英尺宽六英尺的油画，画面上的形象拥挤但井然有序，全都是《圣经》主题，绝大部分带着恐怖和末日气氛，画的标题被整整齐齐写在画上。比如说，他的一幅作品——画面分为三部分，描绘了世界末日和天堂的降临——这幅画的题目叫作《〈神秘巴比伦娼妓之母天启〉第 17 章：1-7》。

我和托尼见面的这些日子，恰好和我无意识世界里的一个阶段相重叠，在这个阶段里我被自己晚上做的梦困扰着。这些梦很长，波澜壮阔，细节丰富，充满暴力，而且色彩缤纷。它们让我精疲力尽。我无法解释这些梦。除了降压药，我没有服用任何其他药物，降压药也不是什么新研发的药。我确保自己睡觉前不吃东西，尽量不仰面睡觉，睡前不看让人不安的小说或电视。大概有一个月的时间，也许六个星期，我害怕睡觉。有一次我梦到了托尼——为了保护他，我和一群恼羞成怒的匪徒搏斗，用一把屠刀阻挡了这群情绪激愤的家伙。我经常在梦中惊醒，呼吸急促，身体颤抖，心跳撞击着肋骨，无论什么时刻，我得独自散步才能让神经缓和下来。有一次——我不记得了，也许就是梦到托尼那天夜里——我经历了一个顿悟的瞬间，我很珍惜这种时刻，眨眼间，生命的河流在我面前盘旋又打开——你可以想象紧绷的丝带闪着光：黑夜中，我听到从摩门教堂的停车场里传来一个年轻人的声音："我没有叫，不是我，我没叫。"

我不知道托尼和二十二岁的新寡妇之间最后怎么样了，但我确信这事儿没有发展下去，没有第二次见面，肯定不会有婚外情——因为托尼不止一次抱怨说，"我找不到女人，一个也没有，我他妈的被诅咒了。"他相信诅咒或走霉运这类事情，也相信天使、美人鱼、预兆、魔法、风中的声音、上天的信息、预示的图案之类的东西。他的房子里，到处散落着带有神奇魔力的假发和羽毛，会说话的石头，浮木的残片上有他能辨识出的人脸。无论从任何方向看去，他的画布都像是打开的窗户，面对着闪电和烟雾，猩红色的恶魔和飞翔的天使，燃烧的墓碑，卷轴，圣餐杯，火炬和剑。

上周一个名叫丽贝卡·斯塔莫斯的女子给我电话，我从未听说过这个名字，但她说我们共同的朋友托尼·菲多不在了。他自杀了。她的原话是，"他取走了自己的生命"。

有那么两秒钟，我听不懂这句话的意思。"取走……"我说，然后明白过来，"哦，天哪"。

"是的，他自杀了。"

"我不想知道他是怎么自杀的。别告诉我。"说实话，我难以想象自己为什么会这么说。

追悼会

　　一周以前的星期五，也就是九天以前，古怪的宗教画家托尼·菲多把车停在圣迭戈以东六十英里的八号州际公路的一座大桥上，桥下是幽深的沟壑，他攀过桥栏，纵身一跃。他事先给丽贝卡·斯塔莫斯寄了封信，信中并没有为自己做什么解释，仅仅是道别，另外附上了几个朋友的电话号码。

　　星期天，我参加了托尼的追悼会，丽贝卡·斯塔莫斯在自己教书的中学里预订了一间音乐教室，用来举办这个追悼会。我们在窄小的乐队空间里环坐成一圈，杯盘搭放在膝盖上，轮流讲述对托尼·菲多的记忆。我们一共只有五个人：女主人丽贝卡相貌平常，身材结实，穿着一件无袖衬衫和一条长裙，裙的下摆一直覆盖到她的白色网球鞋上；我穿着自己惯常的服饰，蓝色外套，卡其布裤子，流苏乐福鞋；两名中年女子，带着两只烦人的小狗，她们称托尼为"安东尼"[①]；一个胖乎乎的年轻人，穿着绿色短大

_____

① 安东尼是昵称托尼的教名。

衣，是个机修工什么的，不停地冒汗。托尼的邻居呢？家人呢？一个都没出现。

只有那两个一起来的中年女子彼此认识，其他人都是初次见面。我们是托尼分别认识的朋友或熟人，他和我们相识的方式都一样——无论是在博物馆，露天市场，还是候诊室里，他突然出现在我们身边，主动开始攀谈。这些人里，只有我知道他一直在画油画，其他人都以为他是个什么小业主——修管道的，灭虫害的，或者维护私人泳池的。有一位以为他来自希腊，其他人以为他是从墨西哥来的，但是我确信他的家族来自亚美尼亚，在圣迭戈住了很多年。所以我们并没有真正在缅怀他，而是在问："这家伙到底什么来头？"

丽贝卡知道的是：托尼十几岁的时候，他母亲自杀了。"他不止一次提到他母亲的死，"丽贝卡说，"他对此念念不忘。"对其他人来说，我们是第一次听到这事儿。

当然，我们听到他母亲自杀的消息也是很难过的。她是跳楼死的吗？托尼没说，丽贝卡没问。

我对托尼的生平所知甚少，就谈了些他说过的话，这些话一直萦绕在我脑子里。"我进不了那些高级的艺术学校，"他有一次说，"这真是万幸。在学校里学习艺术是件危险的事情。"他又说，"从我二十六岁生日那天起，我不再往画作上签名了。任何能画那种画的人，都可以签他的名字，说是他画的。"他很兴奋地翻开他那本厚重的黑皮

《圣经》——好像是《撒母耳记》一卷第六章？——里面写着非利士人因崇拜偶像被惩罚，受痔疮之苦，"你可不能说上帝没有幽默感"。

他还和我分享过他的另外一个洞见，"我们存在的这个宇宙会在一场大灾难中完蛋，而不是渐渐消亡。"

以前我对这句话一直置若罔闻，现在这话听起来像是个不祥的预言。我是不是错过了一个重要的信息？一个警告？

那个穿着绿色外套的人，是个汽车修理工，他向我们公布了托尼跳下去自杀的地方，是全国最高的一座混凝土结构大桥，下面是松谷河，总高度有四百四十英尺①。这座大桥建成于一九七四年，被命名为内罗厄文格利尔纪念大桥，按照这名修理工的说法，它是全美国第一座用"现场浇筑阶段式平衡悬臂法"建成的大桥。我把这种方法的名称记在笔记本上，但是我记不住这名机修工的名字了。他胸前的名牌上写着"特德"，但是他自我介绍时用的是另一个名字。

那一对中年女性，一位叫安妮，另一位她朋友的名字我也忘了——这两人后来对我施加压力，她们觉得我应该保管托尼留下的一个三孔文件夹，里面都是菜谱，是托尼妈妈搜集的菜谱。托尼把这些菜谱借给了她们。我想好了

_____

① 440 英尺约等于 134 米。

29

要把它送给伊莱恩。她是个很棒的厨师，但是不常做饭，因为没人愿意为两个人做饭。活儿太多，剩菜也太多。我告诉大家，伊莱恩收到这本菜谱会很开心。

文件夹太大了，我无法把它装进衣服口袋里。我想过要只拎袋，但是害怕张口。我不知道还能怎么办，只能用手把它拿回家，交给妻子。

伊莱恩正坐在厨房的桌前，面前是一杯黑咖啡，还有只碟子，里面摆着半只三明治。

我把笔记本放在桌子上，三明治的边上。她盯着看了一眼。"哦，"她说，"从你那个画家朋友那儿拿来的。"她让我坐在她边儿上，我们并肩坐在一起，一页一页翻看笔记本。

伊莱恩，身材娇小，体态轻柔，很聪明，灰白的短发，不施粉黛，会是个很好的伴侣。任何时候——也许下一个瞬间——她就会死去。

我想详细描述一下这本笔记本，你可以想象把它捧在手里，这是一本红色塑料制的三孔文件夹，重量大概和一只餐盘差不多。现在你把它摆在面前的餐桌上。打开它，你首先看到粉色的标题页："凯撒丽娜·菲多的菜谱"，下面是两英寸厚的白色的校园标准三眼活页纸。前半部分内容是常见菜谱、砂锅菜、馅饼、沙拉调味酱、各种早餐、午餐和晚餐的烹调方法，全都用蓝色圆珠笔写了下来。后半部分里，托尼的妈妈换成各种颜色的墨水笔，主要有绿色、红色和紫色，也用了粉红色，还用了黄色墨水，字迹很难辨别，随着字迹的颜色变得五花八门，她的字也越写越乱，字母大大小小，有些页上的字又大又斜，倒向右侧，接下来几页又向左边倾斜，然后又斜回来。从某一页开始，记录的内容有了很大的变化，最后的一百多页，都是鸡尾酒的调法，每种鸡尾酒都有。

那天下午早些时候在追悼会上，当安妮把文件夹递给我的时候，她说了句让人好奇的话："安东尼对你评价很高，他说你是他最好的朋友。"我当时以为这是句玩笑，但是安妮说这话的时候很认真。

托尼最好的朋友？我搞糊涂了。我还在糊涂着。我几乎不认识这个人。

卡萨诺瓦

我回到纽约来接受美国广告协会颁发的奖项时，原本以为自己不会有什么好心情。但第二天，我在典礼开始前消磨时间，我穿着黑色的礼服和风衣从曼哈顿中城往北走，绕过公园，再向南走，感受着这里的脉搏，听着楼宇间传来的马路上的噪音，却有了一种回家的感觉。这天阳光灿烂，适合散步，空气清新，而且越来越怡人——当我在四十街沿着对角线穿过一个小广场的时候，最后的秋叶从人行道上卷起，在我们的面前盘旋，头顶上薄雾般的空气忽然固化成若明若暗的天花板，行人们把脑袋缩进自己的衣领，不到两分钟，狂风减弱成清风，不再猛烈，但是依旧不停地刮着，我觉得冷，便把双手插进了衣服口袋里。几滴雨水跌落在人行道上，雪花肆意地在空中打转。在我的周围，人们像是在四下逃散，广场对面，一个小贩在大喊着要把生意关了，贩卖车上的东西你想拿什么就拿什么。不知道为什么，我买了两个他的热狗，还把所有的调料都加了一遍，又买了一杯看起来很可疑的咖啡，然后我知道为什么了——它们好吃极了！我差点把餐巾纸都吃下去了。

纽约!

我曾住在这里,在哥伦比亚大学上学,先学历史,后来学了新闻传播学。我在《华盛顿邮报》毫无意义地工作了两年,然后在五十四街麦迪逊大道边上的卡索尔福布斯公司工作了十三年,那里工作辛苦但收获颇丰。后来我搬到圣迭戈,把失眠、下午的头痛、对自己的怀疑和抗酸药片统统抛进了太平洋。纽约的生活不适合我。我一直都知道。我在哥伦比亚大学的同学们有些来自遥远的地方,比如艾奥瓦或者内华达,而我来自新罕布什尔,离纽约要近得多。毕业后,他们都融入了曼哈顿,一直住在那儿。而我总是说:"这不是我的地盘。"

今天,这里就是我的地盘。我是这里的主人。大衣敞开着,风从我的发梢吹过,我四处走了一个小时左右,漫天飞舞的杂物让我有种君临天下的感觉,空气里的垃圾比三十年前少了很多。市民们在逆风中弯腰行走,饭店亮起的灯火,小餐桌边坐着的人们一边凝视对方一边交谈。白色的雪花开始凝结,一路泥泞,我费劲地走了很长一段路才走进特朗普大厦。我在盥洗室里整理了一下,找到了我要去的楼层。在颁奖典礼上,我被安排在前排桌子落座,桌子是圆形的,铺着紫红色桌布,一桌坐了八个人,其他七个人都比我年轻得多,一桌人显得生机勃勃,活泼有趣,妙语连珠。他们似乎都很荣幸和我坐在一起,特意安排我坐在正对典礼的位子。这些都很不错。

33

甜点吃到一半的时候，我背上的神经痛又开始发作。大会叫到我的名字，我向主席台走去的时候，右肩胛感觉像是被压在了一个吱吱作响的老式纽约暖气片上。在这个巨大的房间的一头，我手中握着奖章——是个奖章，不是奖杯；一枚刻了字的奖章，直径大约三英寸，正好适合给一个超轻量级选手，我感谢了一串事先背下来的名字，略去了其他发言内容，回到我的桌子，刚坐下便又有一阵疼痛袭来，这次是肠胃，街边吃的午饭——纽约热狗的美味，特别是第二只热狗让我追悔莫及。我还没来得及坐下，甚至没作解释，就被消化不良的感觉驱使着冲出礼堂，沿着走廊跑进洗手间，几乎没有时间把奖章塞进口袋，也没时间把外套挂到钩子上。

　　我坐在马桶上，肠胃像烧着了一样，先是我的身体受到羞辱，接着我的灵魂也被羞辱了，因为又有一个人走进洗手间，他进了我旁边的隔间。我们的公共厕所就是有这个毛病——太公共了，隔板没有一直隔到地面，我和隔壁的人可以看到彼此的脚。或者至少是我们黑色的皮鞋，以及深色裤子的下沿。

　　过了一分钟，他把手放在了我们之间的地板上，那是我们各自空间的边界，在一张方形的卫生纸上，他写了一行淫秽不堪的提议，字写得又大又清楚，无论我想不想看，我都能看见。我在疼痛中笑起来，但不是很大声。

　　我听到隔壁传来轻轻的叹息。

我对他的主动提议不置可否，他没有离开。他一定以为我正在考虑他的提议，只要我还在，他就有理由保持希望。而我一时还无法离开。我的肠胃正在百转千回，从脊椎神经发出的揭竿而起的信号正折磨着肩膀和整条右臂，直入骨髓。

颁奖典礼似乎结束了，男洗手间焕发了生机——门被很快推开，外面的声音传了进来。喉咙和水龙头以及脚步声。卫生纸在悬筒上旋转。

不知来自何处的一只手向下伸向地板，指尖触及地上的纸条，把它拿走了。很快地，我隔壁的那个人，洗手间里的卡萨诺瓦①，就离我而去了。

我还待在那儿，不知道待了多久。回声之后是一片安静，然后是小便池冲水的声音。

我向上站起，穿好衣服，走向洗手池。

洗手间里还有另一个人。他站在我边上的洗手池面前，两人面前的水龙头都打开着。我洗我的手，他洗他的手。

他个头很高，头型很独特——稀疏无色的头发如同婴儿，骨骼突出的脸庞上有宽厚的红嘴唇。我认得这个人。

"卡尔·赞恩！"

他微微笑了一下说："错了，我是马歇尔·赞恩，我是卡尔的儿子。"

---

① 卡萨诺瓦是18世纪意大利冒险家，作家，被当作风流好色之徒的代名词。

"的确，当然——他应该也年老了！"偶遇让我语无伦次。我洗完手，又洗了一遍。我忘了介绍自己。"你看起来和你父亲一模一样，"我说，"不过是二十五年前的他。你在这儿参加颁奖吗？"

他点点头说："我在赛克斯顿集团。"

"你接了他的班。"

"是啊，我在卡索尔福布斯也干过两年。"

"你觉得怎么样？卡尔现在好吗？今晚他来了吗？"

"他三年前去世了，前一晚上了床，就再没起来。"

"哦，不是吧。"一瞬间——我时常有这种瞬间——周围的一切仿佛不存在，甚至连最细微的动作也无法做出。等这个瞬间过去了，我说："很抱歉听到这个消息。他是个好人。"

"至少没有什么痛苦，"卡尔·赞恩的儿子说，"我们知道的是，那天晚上躺下的时候他很开心。"

我们站在大镜子前，谈着往事。我努力不看其他地方——他的裤子，他的鞋。不过在这种场合，男人们都穿着黑色裤子和黑皮鞋。

"那么……祝你晚安。"年轻人说。

我谢过他，说了晚安，然后，他把一团卫生纸扔进桶里，出门消失了。我记得我说了一句："向你父亲问好。"

美人鱼

　　这段悲惨的插曲过后，我沿着第五大道艰难前行，肩上像是扛着一大袋燃烧着的柴火，我几乎无法直起腰来，走完三个街区后回到酒店。雪下得真大啊，今天还是星期六的晚上。人行道上熙熙攘攘，人群在恶劣的天气中向我迎面走来，大家都瑟缩着肩膀，大衣紧扣着，雪片击打在人们的脸上，这些面孔虽然都在暗处，但我觉得我能看到他们的眼神。

　　不知过了多久，我在一间陌生的房间里醒来，并不是肩膀的疼痛把我唤醒的，不知道怎么回事，疼痛完全消失了。我洗过澡躺着，浑身轻松。

　　窗外，厚厚的积雪覆盖着窗台。我感受到寂静带来的期待，周遭是强烈的缺失感。我从床上爬起来，穿上衣服，走出门去看看这座城市。

　　大概是半夜一点钟左右。积雪有六英寸厚，帕克大街显得光洁而温柔——路面平静，没有车辆。城市仿佛停摆，偶尔低沉的声响清晰可辨：某个地方铲雪车的轰鸣，汽车的喇叭声，另一条街上有人喊出几个模糊的音节。我试着数了数有多少年里看到过下雪。大概十一二年前——第一次是在丹佛，和今天一模一样，就像现在这样。一辆孤独的出租车在雪中沿着帕克大街悄然而至，我上了车，让司机带我找一家还开着门的饭店。从后车窗看出去，街灯铺洒出明亮而安静的光，出租车刚刚划出的黑色辙痕在远方渐渐消失——惟有这辙痕才能证明我们曾驶过帕克大街。我不知道司机是怎样辨别方向的，他把我带到联合广场附近的一家小饭店，我跟另外五六个和我一样闲逛的各色人等，一起吃了一顿丰盛的早餐，他们都是纽约客，每个人都长着宽阔而富于历史感的面孔，大家不期而遇，显得格外珍贵。我付了账，离开饭店，开始朝着中城的方向往回走。令人高兴的是，在离开圣迭戈前，我买了双雨雪天穿的正装皮鞋。我专找无人踏过的雪地行走，一路踢起雪的粉末。我听到有钢琴在演奏拉丁曲调，循着琴声，我穿过门廊，进入一个悲伤的氛围：昏暗的小酒馆，陈腐的气味，钢琴弹出慵懒的旋律，只有一个客人，一个丰满迷人的女子，一头浓密的金发。她穿着晚礼服，肩上是一件轻盈的披肩。她体态端庄，似乎陷入了沉思，虽然也有可能是在低头悲泣。

　　我松开手，门在我身后关上。酒吧招待是一个矮小年长的黑人，他扬了扬眉毛，我说："苏格兰威士忌加冰，红方。"钢琴在远处昏暗的角落里演奏着，张嘴说话让我觉得自己很失礼。我听出这是一首传统的名为《玛利亚·埃琳娜》的墨西哥歌曲，但我根本看不见钢琴师。钢琴边上的支架上，头朝上摆着一支很大的高音萨克斯管，这支闲置的萨克斯看起来像这儿的其他人一样：看不见的钢琴师，漫不经心的酒吧招待，光彩照人的女子，隐士一般的萨克斯管……还有一个冒雪走进来的人……我刚想起这首歌的名字，就听到一个声音说："她的名字是玛利亚·埃琳娜。"这个画面有一种月光下的黑白效果，十英尺外，金发女子坐在桌边等待着，双肩向后仰去，面孔抬起。她举起一只手，用手指和我打招呼。她的确在哭泣，泪珠在她脸上闪烁。"我在这儿像坐牢一样。"她说。我在她对面的椅子坐下，看着她哭。我笔直地坐着，一只手放在桌面，另一只手拿着酒杯。我感觉自己忍不住要翩翩起舞，但是我坐着没动。

惠　特

　　你不会听说过我的名字，但你很可能熟悉我的作品。我编写和导演过很多电视广告，有一个你会记得：

　　这是一个三十秒的动画广告，一只棕色的熊在追捕一只灰色的兔子。他们先后跑过眼前的一片山丘后，兔子被赶到了绝路，他开始哭了，熊逼近了他。兔子把手伸进口袋，掏出一张一美元的钞票递给熊。熊看着这个礼物，坐下，仰望天空。音乐停止，寂静无声，没有旁白，小故事在这时候结束了，留在一个完全不确定的状态。这是一家连锁银行的广告。听起来荒唐，我知道，但那是因为你还没亲眼看过它。如果你看了它的表现手法，你会发现这是一个非常与众不同的广告。因为它什么都没有讲，但与此同时非常感人。

　　通常，一个广告想要让你买单，就会想方设法地撩动你的心弦，但是这个广告打破了常规，并且成功了。

　　它给这家银行带来很多新客户，也引发了众多评论，获得了多个奖项——事实上，我得到的每个奖都是因为这个广告。它曾在"超级碗"的上下半场各播出了二十秒，人们至今还记得它。

奖项不是颁发给个人的，它是授予整个团队，给广告公司的。但是你的名字会和这个项目联系起来，成为一个传说，"那是惠特做的"（惠特是我，比尔·惠特曼），"是的，有兔子和熊的那个广告是惠特做的"。

首先要归功于这家银行，愿意把这么一个奇怪的广告呈现给潜在客户，让他们与这个隐晦的表达方式之间建立起了联系。不只是隐晦，它还有一种神秘感，不可言喻。我觉得它把井井有条的金融交易当作和谐的基础。金钱战胜了猛兽，金钱带来和平，金钱就是文明。这个故事的结尾是金钱。

我不会提这家银行的名字，如果你想不起这家银行的名字，只能说明这个广告不怎么样。

如果你在八十年代看过黄金时段的电视节目，你几乎肯定看过几个我编写或导演或又编又导过的广告。

二十多岁的时候，我有过两次短暂的、不快乐的婚姻，当我终于走出来之后，我遇到了伊莱恩。去年六月，我们的婚姻走过了二十五年，我们有两个女儿。我爱自己的妻子吗？我们能和睦相处，但从来没觉得有什么值得庆祝的。

我马上六十三岁了。伊莱恩五十二岁，但似乎更老些。并不是她的外貌，而是她知足的生活态度。她缺少激情，只关心我们的两个女儿，她和女儿们关系密切。她们都长大了，成了与世无争的公民，既不漂亮也不聪明。

我们在女儿们上小学之前离开纽约，一步步向西部搬家。先在丹佛住了一年（那儿的冬天太长了），又在菲尼克斯住了一年（太热了），最后搬到圣迭戈，多好的一座城市。年复一年，它渐渐变得越来越拥挤，但还是很好，棒极了。我从不后悔搬到这里，一分钟也没有。财务上也正合适。如果我们还住在纽约，我会多挣很多钱，但花销也大得多。

昨天晚上，我和伊莱恩躺在床上看电视，我问她对过去还记得什么，她说没多少记忆，比我的还少。我们有个很小的电视机，摆在房间对面的衣橱上。我们留着这个电视机，就有个借口醒着躺在床上。

我知道自己逝去的生命已经超过了未来的生命，我的记忆比期待更多。记忆会消失，能留下的不多，我并不在意把这些记忆中的大部分也忘掉。

间或，我躺在那里，开着电视，读着我收集的民间故事中的一些狂野而古老的片段。能召唤来海仙女的苹果，能满足愿望的鸡蛋，能让人长出长鼻子再掉下来的梨。有时候，我会爬起来，穿上睡袍，走出门去，在我们安静的社区里，寻找一根有魔法的丝线，一把有魔法的剑，或者一匹有魔法的马。

爱达荷的星光

亲爱的珍妮弗·约翰斯顿：

　　先谈谈近况吧。过去四年来我吃尽了苦头。我一直努力想回到从前，小学五年级那一天，你递给我一张纸条，上面画着一颗心，写着："亲爱的马克，我真的喜欢你"。我把纸条还给你，在它背面写上："你是喜欢我还是爱我？"你写了一张新纸条，上面画着二十颗心，你在走廊里把它交给我，上面写着："我爱你！我爱你！我爱你！我爱你！"多年未见，像是有钩子钩在我的肚子里，钩子的另一端在一些人的手里，我数了数，大概有十五六个人，你就是其中一个。还是先说说近况吧。过去五年里，我被逮捕过八次，挨了两枪，不是一次挨了两枪，而是两次各挨一枪，诸如此类，我觉得我被车撞过一次，但是已经不记得了。我爱过大概一两千个女人，但我最爱的是你。就是这些了，我说完了。

　　　　　　　　卡斯（五年级时你叫我马克
　　　　　　　　——我的全名是马克·卡桑德拉）

　　又及：你可能会问我在哪儿？你还真问着了。经过这一切后，我又回到了尤凯亚的某个地方，这里是北加利福尼亚的腋窝。

　　　　　　　　　　　　　　　　　　卡斯

～～

亲爱的老伙计和担保人鲍勃：

我从爱达荷大街的星光戒毒恢复中心给你写信，跟你谈谈近况，以前这里光鲜的时候叫星光汽车旅馆。我相信你在这儿也住过一两次，是的，我相信有一次你喝醉了之后躺在8号房，我现在就坐在8号房的书桌前写这封信。这封信我真会寄出去，因为我需要几样东西，它们在你衣橱中的盒子里，我希望它们还在那儿。有一条牛仔裤，还有几双袜子，其实你把整个盒子拿来就行。我在这儿的每种换洗衣物都只剩最后一件了，除了袜子还有两只，两只都是白色的，但不是同一个牌子。我的旧靴子穿破了，有人给了我一双很不错的二手跑鞋。但我得写信告诉你，我不会跑到哪儿去，我就在这儿坚守着。我准备好好治疗，因为过去四年里我实在尝尽了苦头。这四年里，我挨过枪子儿，进过监狱，成了精神病……我只有三十二岁，在我认识的所有人里，只有我曾不省人事。医院的人，他们应该知道自己在说什么吧，他们一次又一次地问我："你居然还没死？"

啊，我觉得自己刚打了个盹儿。他们给我们用了抗瘾药，有时候眨眼间我就睡着了，还会做梦。据说过几天就好了。

他们不让我给你打电话，但我很确信，他们会让你来参加亲属团的活动，时间是每个星期天下午的两点到四点。发出这封信前，我会去确认一下你是不是能来。我很希望在这儿能看到朋友的面孔。

我不是那种可以长途跋涉的人，我会先冲出去，领先所有人二十码，然后跌跌撞撞，瘫倒在边线上，气喘吁吁。接着很快听到其他人赶上来。我听到他们坚定的脚步，行走在通往幸福命运的道路上。

我需要有人提醒我，沿着自己的路，不慌不忙，这个人就是我的伙计鲍勃。他是我的担保人，担保人的问题，就是你总得给他们打电话。我不喜欢给他打电话，他总有一些语重心长的话要说。

所以，如果他能带来我的盒子，并在亲属团的讨论中说上几句，我就如释重负了。

卡斯

~~~

亲爱的老爸，亲爱的奶奶：

我正坐在星光戒毒恢复中心一个房间的桌前，给我认识的每一个人写信。在我心里，挂着十几个钩子，我循着这些钩子上的线找到它们的来处。我希望有人能明白我是

47

真诚的，我当然也需要那些帮助，但在这里我也要说清楚，我不会为此卑躬屈膝，因为我从来不是那样的人，如果你们的朋友耶稣在等着一个像我这样的人跪地乞怜，然后他才会从十字架上下来，那么我会说，他可以不用等了。去死吧，这个鬼地方，还有这里面的每个人，我受够了康复治疗。事实上这种群体治疗把我脑子里的结越弄越紧，根本就是一群被吓破了胆之后胡说八道的人在拍那个叫杰瑞的人的马屁。你迟到一会儿他们就把你关在门外，迟到第二次你就会被赶回到大街上。他们来来回回说的就是我当年不服兵役，因为我受不了军队的纪律。是，我烦死了，受够了。每一天，我花两个钟头坐在这个房间的这张桌前，想着我心里的这些钩子，把自己的生活写下来，每两个星期我们要把它读出来，读给所有其他人听，我们坐在椅子上，把自己堕落不堪又令人不齿的历史读给一群鬼魂听。我不一定会那么做。现在我在笔记本上写些不着边际的东西，只是为了练练字。就像我说的，我的的确确是真诚的，我很真诚，最好的证据就是——这是我第三次做康复治疗，但却是头一回挺过了第四天。

奶奶，上次你在亲属团里分享的内容很搞笑，但是也太荒唐了。找个时间再来吧，不过下次管好你的嘴，好吗？

我不想再把我们家的事情解释给每一个成员听。奶奶，我知道在你眼里，我们这些人都是一位天才生下的孩子里最弱小的幼崽，只要多给我们喂点儿食，我们就会长大。但是我们进监狱的次数加起来已经不少了，奶奶，这些是实实在在的数据，没什么好辩解的。甭管这个试图帮助我的康复中心用的是什么招数，现在我们先静下来想想过去发生的事。我也不想这么说，可是过去四年里，毒瘾把我变得面目全非，现在他们终于把我变回了可塑之才。我们不妨先把自己的想法放在一边，听听别人怎么说。星期天的亲属团活动，我以为你在听，但遗憾的是，现在看起来你就像一只垂涎欲滴的豹子，伺机而动，一逮着机会就扑向可怜的杰瑞，我也讨厌杰瑞，但这三年里他从没喝醉过，而我一直醉醺醺的，直到一周以前才停下来。我没什么可说的了，看看镜子，自己真是丑陋。

我不需要奶奶式的帮助。我需要受过训练的、有资质的专业人士给我指导。我不能让奶奶当着整个亲属团的面大嚷大叫，责骂上帝和撒旦，就像她在亲属团活动的最后三十分钟里表现的那样，一共只有两小时，你却花了三十分钟来议论天堂和地狱，真是太谢谢你了。还好，杰瑞有幽默感。感谢你用这样一种与众不同的方式把卡桑德拉家族展现出来。我周围的人不是魔鬼，他们是受过训练的有资质的专业人士。

我不想再为这个家庭向人解释什么了。这个家庭就是他妈的可笑之极。我可以在这儿说粗话，因为你不会收到这封信，因为我不会把它寄出去。你记得这个星光戒毒中心原来是个汽车旅馆吗?

我记得它以前是家汽车旅馆,妓女们坐在街对面汽车站的长椅上,她们看起来糟糕透了,皮肤上斑斑点点,脑袋上顶着伤疤,她们从旧金山逃到这里。人肉市场也不要她们,真是够倒霉的。我的意思是,一般人都不会走过大街去找她们。但是时不时地,从星光汽车旅馆里会走出一些饥不择食的人,过街去找她们。你猜怎么着?如果有几分钟时间,我想我也会去找她们。现在这些妓女都不见了,汽车站的长椅上空空荡荡。我觉得现在公共汽车已经不经过这儿了。

我们家不是那种会把家族徽章佩戴在胸前的家庭。你记得有一次,哥哥把女朋友的鼻子打折了,他说:"就这样,我没什么可说的了。"你记得爸爸把手插进软塌塌的麦片里,他坐在那里,眼神空洞,坐了足足二十五分钟,手上粘着湿乎乎的一团。你记得约翰因为被捕,他的照片上了达拉斯的报纸,他把剪报寄给我们,好像这是很值得让家人知道的一件事。关于那张照片,你知道令我印象最深的是什么?那张照片的边沿歪歪扭扭的,因为那是他徒手从报纸上撕下来的。在得克萨斯州,我的这个哥哥是被禁止持有剪刀的。

如果这个康复治疗有效,我真的戒了毒,恢复了身体的平衡,我准备进大学读书。我一开始没往这儿想,但是如果我做到了,我就可以直视其他人,我可以改变自己,正常地与人交谈，我会找一份零工，进大学。这是为了奶奶，为了上一次亲属团发生的事情。

~~~

亲爱的约翰·保罗教皇：

你有两个名字，还是说保罗是你的姓，就像保罗先生？

我知道，搞成这样不只是因为有点儿背，是我自作自受。

一开始，我只是想让自己兴奋一下，我喜欢嗨了之后没头没脑地傻笑，我会盘腿坐在地上。尽管后来变成了折磨，但它是我手里的一枚按钮，按下去，世界就不存在了。

我想说的是，我只是把酒杯送到了自己的下嘴唇，接下来能记得的，就是坐在开往拉斯维加斯的大巴上。你知道，酒里面有种力量，就像是，如果你不喜欢正在看的电影，那就抓起手边的这一大杯酒，它会带着你，把你扔进一个完全不同的故事里去。

你做教皇的时候，他们给你吃什么？有空来尝尝这儿的饭吧。午饭有棉花糖和咖啡豆。这里叫星光戒毒中心，在加州的尤凯亚，爱达荷大街上，这里可以拯救那些灵魂被撞得粉碎的人。天啊我在发什么疯，我不会把信寄给教皇的。

但我想告诉你，我在和魔鬼打交道，我需要些专业指导。真的有魔鬼，他确实在和我说话，我觉得有可能是他们给我的抗瘾药带来的副作用，但即便是那样，我依然需要了解一些对抗的方法。到目前为止，我觉得，我已经察觉到自己不需要听魔鬼的指挥了。在一定程度上，我可以忽视他，但是如果我一直惹他生气，他会不会报复我的家人？

马克·卡桑德拉

~~~

亲爱的撒旦：

管事儿的先生，你他妈的就是一个大气泡，等你爆掉的时候，我可不想在旁边，因为有一大堆恶心的东西会溅到我身上。

我是说，我在这儿是想拼命改变自己，但我能想到的是，如果这地方还和过去的星光一样，还是那个装满噩梦的汽车旅馆，那我不如凑个两百块，喝得烂醉躺在这儿，最后他们闻到我尸体的味道，砸开锁进来。但是一切都会改变，现在的星光焕然一新，和过去不一样了，所以我最好也洗心革面，找个比每天喝酒更好的生活方式。有个叫温德尔的人在小组讨论中说了句我很喜欢的话，他建议我们在被毒害的想法中加点正能量——如同在脏水中注入净水，把自己灌满，让脏水溢出，再继续添加净水，直至变得清澈。

我奶奶说，卡斯，如果你一直喝酒，你的孩子生下来会是个斗鸡眼，你死后会被埋在一个奇怪的镇上，碑文上你的名字会被拼错。

~~~

亲爱的妹妹：

还是我——是的，我又来了——和过去一样。

但我发誓，这次我的感觉和以前不一样。我从来没骗过你，我只能说这么多。感觉不一样，我只能发誓到这儿了。

要是你愿意，你可以来参加亲属团活动。目前为止我只参加过一次，家里只有亲爱的奶奶来了，结果就出了点事儿。我知道你得待在达拉斯，但是如果你想回家度个假的话，我也不介意在这里看到一张友好的面孔。如果我的妹妹玛丽戈尔德来了，我会对她笑嘻嘻的。我的玛丽戈尔德妹妹，高贵的幼小的牵牛花。家属团活动是每周日的下午两点钟。我敢打赌你的表现会比奶奶好。她开始时什么也不说，一直沉默到三点十五分。亲属团活动一共两个小时，来的都是妻子们、丈夫们、孩子们和一些亲近的人，他们都来参加小组治疗。大多数人都坐得笔挺，每个人的面孔都很严肃，谁都不知道在这里会不会被撕掉平日的面具，然后丢人现眼地离开。换句话说，大家都小心翼翼，和自己的亲人一起玩这个变态的小游戏。杰瑞问："你会对自己的亲人说什么？"他们说："我不知道，下一个吧。"或者类似的话。但是有一个叫卡尔文的人，来过这儿很多次了，轮到他的时候，他看着自己的妻子，脱口而出——他看着她说——"我爱你。"他凝视着她，泣不成声。她看着他，嘴里说"我——我——我——"她看着他，好像他要让她从一座失火的高楼上跳下来保命，但是她说不出话来。"我不管这些人，"卡尔文说，"我他妈的什么都不管，我爱你"……"我也爱你，"她说，"宝贝我也爱你！"众目睽睽之下，连奶奶也在看着，这对夫妻抱头痛哭了五分钟。我不知道这样做有什么长期的益处，但是我告诉你，在当时，这个举动真的让亲属团活动的气氛活跃起来了，整个活动令人陶醉。接下来我要告诉你奶奶的事儿。在现场，人们称呼杰瑞顾问或者主持人，他在开场时讲了一番无关痛痒的话，大意是嗜酒不是任何人的错，也许是基因里带的，是天生的，是遗传的。奶奶坐在那儿，像是参加主日学，双手搭在膝盖上，大概有一个半小时，没有东张西望，直到我注意到她的双眼瞪着杰瑞，像是能把对方的皮肤烧裂开，人家还没结束，她就开始对着他大发雷霆，大意是说："杰瑞，如果这是你的真名的话，你一定是个宁愿上树说谎，也不愿站在地上说实话的人"。① 杰瑞正支支吾吾的时候，她长吸了一口加利福尼亚的空气——她总是说这儿的

---

① "宁愿上树说谎，也不愿站在地上说实话"是俚语，意思是满嘴谎言。

54

空气有毒——接着说："你是说问题都归咎于他的祖母我，还有我们的祖先？我们都是楠塔哈拉山上来的好人，我们本不该离开北卡罗来纳，我丈夫还给得克萨斯州敖德萨市的市长写过演讲稿呢，我们家的血脉不比你家的差，现在你说我们家的血液遗传了嗜酒的基因，这都是祖先的罪过？"紧接着是她自己的一套挖苦演说，"你得为自己负责，不能把自己的过错怪罪在亲人身上。"她的脸离杰瑞的脸只有三英寸。杰瑞看起来像是随时要跑出去上吊自杀。我很喜欢这场面。

不用说，大约十三秒后，讨论中也提到了耶稣，"这个无名的酒鬼是撒旦的手下，你最好动动脑子，然后闭上你的嘴。"

我说过，亲属活动是在周日下午两点钟。从两点到四点。像我说的，我必须参加，但如果亲属活动小组中没有我的亲人，我的加入又有什么意义呢？所以我请你来参加，我是说，只要他们放你离开达拉斯。

写完了，结束。他们给我们服用抗瘾药，这也会让人睡着。写完了。

~~~

亲爱的哥哥：

我玩过头了，一切都搞砸了。

我完蛋了伙计，是的，你做好准备吧。

你知道这个十月我就要过三十三岁的生日了，但是过去两年里，至少有三次我醒过来时，什么都不记得，医务人员正把我身体某个部位拼回去，嘴里说着"孩子，你还能呼吸，真是走运"。

但是你有没有想过，也许真的有个魔鬼，他的确会把利爪插入一些人的身体，拖着他们经历一场魔鬼的生活，最后拖进地狱。

问题是，卢克，去年我告诉你，我去了得克萨斯、休斯敦、达拉斯、敖德萨等，这些地方。但是我没有告诉你，我们最后一次见面，在我们亲爱的老爸和奶奶的家里，在那个无辜的地方，你表现得像一颗狗屎原子弹，你打折了你女朋友的鼻子后平静地说："就这样，我无话可说。"那天之后，我去盖茨维尔的监狱看了我们的老妈。

是，我去看了我们的妈妈。

我看着她，她缩成了一小团。

她说，

我得小睡片刻，一会儿就会醒过来。

因为我听到狗的呜咽，就会醒过来。

狗在我的身体里，一只小小狗

他的哭声打碎了我小小的心。

她说，

56

你们的父亲把我的地位提高了一点，
但我又把你们拉回到了我这个层次。

记得她的那首歌吗?《富士山妈妈》①。

我是富士山妈妈，我就要控制不住自己，
当我喷发的时候
不知道何时才能停下来。

真的有这歌吗？还是她自己编的?

对不起，我得把这页烧了，在它烧着的时候，我要给上帝写封信。问题是，上帝，你在哪儿？你他妈的到底在地球上干了些什么？我们这儿是地狱，地狱，地狱。你知道吗？超人在哪儿?

老奶奶上次疯疯癫癫来这儿的时候，她把我拉到一边对我说:"你周围都是魔鬼。上帝会搂着你，把你救出地狱。"好吧，如果现在我们是在逃亡，那这可是我听说过的、逃离地狱的最最遥远的一条路，如果我真的离开了地狱，那么我闻到的烤肉味儿是从哪儿来的？一定是上帝把

---

① 《富士山妈妈》是美国歌手旺达·杰克逊 1957 年发行的歌曲。

脚高高跷起，打开一瓶啤酒，然后开始打瞌睡，而我坐在这里，慢慢被烧成一块烤肉。

~~~

亲爱的梅拉妮：

你知道，我很高兴遇到你，我在小组讨论中听到你垂死的女儿，还有你的钱包的事。如果这事发生在一个我没见过的，比如只能想象的人身上，会让我更加难以释怀。但是真正见到你，特别是听到你亲口讲述之后，事情变得不那么难以接受了。你身上有一种亲切真诚的品质，你很活泼，面带笑容，看起来比六十一岁年轻得多，不管生活给了你多少磨难，你依然神采奕奕，你很美。

过去的四年给我留下了许多巨大的创伤，曾经我觉得自己完蛋了。但是跟你的这些经历比起来，我那些都不算什么。

你的病友

马克·卡桑德拉（卡斯）

~~~

亲爱的撒旦：

我不喜欢你昨晚的狂欢活动。

～～

亲爱的医生：

我会卷支烟，我想点着它，以便在整个过程中头脑清醒。

我的确看到过一次魔鬼。

～～

亲爱的医生：

我接着写，小组里的一位女士，梅拉妮，以她的年纪来说，的确是个老太太了，但她不是。她为人亲善，温和，看起来很好相处。她的发言一开始是轻声细语，实事求是的——但接下来总会发生的是，一位开始时好声好气的人，忽然情绪崩溃，充满悲伤——梅拉妮，去年的一场大火夺走了她的女儿和两个外孙。"我女儿是一个很好的基督徒，有两个漂亮的好孩子，她把他们养得很好，按基督教的方式培养他们。"他们在公寓的一场大火中全都逝去了。下面这些话是说给你的，医生——

当梅拉妮在烧伤科候诊室睡着的时候，她女儿死了，这时候有人偷了她的钱包，小偷把钱包里的钱拿走，接着把钱包扔进了垃圾桶。后来她在垃圾桶里找到了钱包，这时候她刚知道她的女儿和两个外孙死了。

　　另一天晚上小组讨论的时候，一个和我差不多的人说："我醒过来的时候在拉斯维加斯，脑子迷糊，身无分文，困惑不已。"这真是对那地方的完美描述——我从不记得自己去过那里，只记得在那里醒来。那个人很幽默，让我想起加里·库珀，一个真正的牛仔，时运不济，生活在草原上臭气熏天的小镇里。他在这儿待了大概有两天。我听说他去了红木汽车旅馆，从这儿往东两个街区，在第四大道的角落里，他跟一个墨西哥孩子同居，那不是个女孩，是个男孩，这是那个人心里的魔障，他生活在一个两面的世界里，一方面他是一个策马奔腾的牛仔，另一方面他是一个快乐的小小鸡奸者，这让他顾此失彼。我们必须做的，是只过一种生活，做真实的自己，坚持着过一辈子。

　　我变得抑郁。我觉得抗瘾药把我搞坏了。你说过开始的两三天里，我们会感觉疲劳或者嗜睡，但是你忘了说，我们会在自己灵魂深处的某个黑洞里坠落。还有，我听到过窗外有人说话，出去看的时候却没人。跟别人在一起的时候，我感觉很好，我是说真正的人，确实存在的人。大家说话，我也说话，一切看起来很正常。但走进这个房间，把门关上以后，当我单独待在这儿的时候，我觉得房间里有其他人。

~~~

亲爱的朋友们和世界上的邻居们、亲爱的《滚石》杂志和《电视导报》：

我觉得我得告诉你们，我的酷儿牌香烟抽完了。有人捐了一罐子喇叭手烟草让我们自己卷烟抽，但是我告诉你，喇叭手抽起来很烈，像是一团火从嘴唇一直烧到肺里。所以拜托你们帮我买两包我喜欢的牌子。知道是什么吧？酷儿牌。

我写了成千上万封这样的信了，但是墨水从没用完过，原因是——我并没有真正写下来几封。也许一封也没写下来。我觉得我只是在这个房间里闲逛，徒步或者游行，仿佛这里是个小小的精神病院，我一直在这里幻游。

另外，关于这个抗瘾药，我觉得我是基督，我能听到魔鬼在说话，他在说："回到你的房间去。"这是我听过的最蠢的话。

那就是埃迪，就是埃迪。

他们是最像埃迪也最可笑的人，如果你把这封信放到耳朵边上，你能听到我像只狼一样嘲笑他们。

他们就是一伙埃迪一样的蠢货，可笑透顶。

长着笨脸和笨脑子。

过去四年里，有时我不知道自己是不是死了。如果我真的已经死了，这里就是炼狱，或者天堂，或者地狱。我说是哪个就是哪个。

　　你没法强迫我做任何事，谁的话我都不听。你最好闭嘴。我不是你的奴隶。

　　我刚才就在……通往地狱的路上。黑色的尘土沸沸扬扬，还有柴油燃烧的尾气，柴油烧起来比什么都热。路边的人都被碾过，压碎，撞死。魔鬼在附近大笑，我能看到他牙齿里的血管。你联系不上我，我的车票上写着得克萨斯。魔鬼把石头移开了，在石头下面的洞穴里，长得像蝙蝠和昆虫一样的神秘物体在空中掠过，魔鬼说，这是世间万物的答案，就像不明飞行物或者坟墓外的生命一样。比如，猫王在生命最后几天的黑暗日子里想些什么？谁设计谋杀了肯尼迪？这个洞穴是魔鬼的嘴，像一个装满秽物的厕所，他的舌头伸出来，上面沾满廉价的汗水。他把我拖进他的这个狂欢活动里。他拖着我穿过一只马桶，那只马桶曾被认为是我的一生；他拖着我穿过一张由会说话的蜘蛛们结出的网，这张网曾是我的脑袋；他拖着我穿过我坟墓的底部，墓碑上我的名字被拼错了。魔鬼坐在他的树桩上，摇摆起舞。吸口气试试，满是硫磺和潮湿的恐惧！来闻闻这些令人作呕的味道吧，就算仅仅是为了搞科研！市长已经在里面了！来吧！这里都是受人尊敬的人！撒旦唆使赌徒们摇晃骰子，我这个赌鬼也身陷其中，掷出两个一点，如同上了天堂！撒旦咆哮着命令我来主持这个狂欢，接着好莱坞，拉斯维加斯，所有的战斗都打响了，吸血鬼们呼吸着婴儿的气息，我撩拨琴弦，挑逗着傻瓜们舞蹈，他们是吸强力胶的、吸"果冻"的、吸涂料的、①骑车的、开卡车的、牛仔、老师、牧师，一百万个吸毒成瘾的叛逆分子，摇摇晃晃的酒鬼们神志狂乱。嘿，上帝，你在哪儿？哪儿都没有你。我们遍寻一些微弱的神迹……就在此时，就在此刻，我把它写下来。

不听话的

卡斯

~~~

某某医生：

我忘了你的名字。听着，我没法跟任何人说清楚这件事，因为他们总把荒唐病态的康复治疗当作借口，但是我得告诉你，我觉得你给我们的这个抗瘾药有严重的副作用，效果适得其反。我躺在那张床上，情绪低落，我能感觉到自己的意识，我的意识分裂成两部分。我听到魔鬼在狂笑，听到他命令我杀人。别担心，虽然我的一生被他控制着，但是他从来不能强迫我做什么，我永远不会听任何人的使唤，所以我没去参军。但是如果你读报纸，你会看到，每天都有人在盛怒之下砍掉孩子的脑袋，我得告诉你，我们

---

① 强力胶和涂料都被瘾君子们当作吸入剂使用，"果冻"是一种新型毒品。

家也发生过这种事情。在我四岁的时候，我妈妈发疯杀了人，她已经在得克萨斯的盖茨维尔监狱里住了二十八年，服刑并没有让她重新做人。她本应该出狱了，但她在里面不守规矩，他们一直给她加刑。

上周，在八号房里，一个逃票的酒鬼搬进来和我同住，他穿着翻毛鞋，胳膊上的刺青写着"吃饭上床杀人"。这是他要说的全部。他从不和人打招呼，从不告别，从不脱鞋。他在这儿住了两天就走了。他身体里满是仇恨。我必须得戒酒，不然我也会变成这样，满嘴口臭，在哪儿待不到一分钟就会愤怒离开。魔鬼把最后一根钩子挂在你的心上，开始把你一点点往下拖。我奶奶告诉过我关于魔鬼的真相。好吧，她说的是"鬼拖住了你"，这听起来像是一个老奶奶在神神道道，可是当它真的发生的时候，就像成千上万条蛇钻进每一个洞口，你没法阻止它们。

我的担保人鲍勃·康福德终于带来一盒我的东西，不多，一个小盒子，里面的东西依然乱七八糟。他站在八号房里，开始一根接一根抽烟，四处打量，好像这地方是他创造的。这些"匿名酗酒者组织"的人大多不靠谱，但是我们得面对事实，他们不酗酒，而不到两周前，我还是个醒来时脑袋垂在马桶里的酒鬼。我觉得，看到我在这儿让他很难过，但他不会表示同情。工作不允许他这么做。

我告诉他，我觉得自己是耶稣，魔鬼一直给我传递信息，他说："你不可能是复活的耶稣，因为我才是。"我认为他是在开玩笑，但我已经失去了幽默的能力。这让我很害怕。

我们得面对问题，正视事实。有人正从我的意识里跑出来。

星光中心你的病人

马克·卡桑德拉（就叫我卡斯）

～～～

负责抗瘾药投诉的医生：

与此同时，我讨厌小组里所有的人。也许里面有些人不那么坏，但我也不知道他们是谁。好吧，我喜欢里面某个人。我刚来的头几天，她在组里表现得像个机器人。她的名字叫卡罗莱娜。她每天都换衣服，但是她的举止一成不变。那是琳达的小组，在下午活动，每次琳达问卡罗莱娜，你感觉如何？谈谈你的经历卡罗莱娜？她每次说的话都是一样的。你可以把她说的话写成歌，同样的内容她会在五天里一遍遍重复。她的模样不难看，大概四十到四十五岁，微胖但这让她显得性感。她每天早晨都打扮得很得体，像个玩偶，仿佛这里是维埃拉度假村。她穿着中年妇女的大短裙，但是配着小姑娘穿的白皮鞋。她每天唱着："十五年前我丈夫带着一个女人离开了我，那个女人和他在同一个公司上班，他们彻底抛弃了我，十五年里，每天早晨我睁开眼，想到这两个人就从心底感到恶心。说句实话，每天早上，我想到这些就得呕吐。"那位负责的女士琳达说："你的意思是你感到愤怒。""不，我不是愤怒，是这种行为让我感到有点恶心。"每天琳达都会说："你的意思就是你感到愤怒。""但是我不愤怒，琳达，我觉得你没听清楚，你一直在纠结这个问题。"最后她说"琳达，我不愤怒，琳达你这个该死的傻瓜母狗婊子"之类的，然后她冲出房间，跑过走廊，像一架 F-16 战斗机一样呼啸着穿过庭院。她不见了。我们坐在房间里，目瞪口呆，惊奇的程度不亚于她刚在我们面前把自己炸成了碎片。好吧，我猜大家都跟我猜的一样，就是她不会再回来了，她会一直向前冲出大门，拦一辆出租，竖起中指，然后永远消失。就像我的室友"吃饭上床杀人"先生一样。但是第二天早上，卡罗莱娜又会坐在平时坐的椅子上，我必须得说，她的眼神闪亮，好像有人在她眼窝上罩了两只杯子，把她眼睛里的黑暗和悲伤都吸走了。"现在说实话，"她说，"大家好，结婚前，我在丹佛的拉斐特夫人店做了六年妓女，后来高科技和黑社会分别用信用卡和按摩店，毁了我们的生意，然后我就结婚了，现在我又离婚了。关于我丈夫和他的那个婊子，我不知道还有什么可说的，我不想直面自己的感受。我现在感觉好多了，现在我知道我恨他们，因为他们一走了之，留下我承担房租，电话费，还有中产阶级生活的一切费用。我觉得他们在墨西哥，我希望他们在那儿得

66

病，愿他们受苦。"她笑逐颜开，非常高兴。她二十多岁的全部时光都在丹佛那家老式妓院里，里面有一架钢琴和一个妈妈桑，她在里面来回闲逛，和客人们插科打诨。

小组治疗就是如此，并不是什么神秘莫测的玩意儿。我们这些酗酒的人都是谎话连篇，就像用橡皮筋绑成的高尔夫球。你看她说起自己对那个混蛋丈夫的感受时，像是剪断了一根橡皮筋，接着整个球开始散开，在屋里弹得到处都是。

现在是这样，我知道我们在这里要诚实。我觉得过去几个月里，我就是这么做的，甚至在来这儿之前就那么做了，但目前为止，我没看到自己有什么突破性的进展。我看到自己的肩膀后面藏着东西，你知道那是谁吗，是魔鬼一直在和我说话。他哈哈大笑着告诉我干掉这里的人，我听得到这些声音，但我感觉自己意识清醒。我知道我不该听到这些声音，那到底是什么原因造成的？是抗瘾药让我产生幻觉吗？为什么我觉得自己是耶稣，我来这儿是为了受难，真正的受难，为什么我觉得每个人都盯着我看，因为他们知道我是谁吗？当我路过杰瑞的窗前，他正在听收音机里的新闻，为什么收音机似乎知道我在想些什么？它在我的思维里已经开始和我对话了。我说："撒旦，我不会杀人。"收音机说："总统的命令没有执行。"如果我是耶稣，我得下地狱，那么我希望你直接告诉我。我问的就是你，不知道叫什么名字的医生。如果我不是耶稣，我希望你别再给我这些药，因为显然它们起了相反的作用。

我想能抽完一根烟而不产生疯狂的想法。我不记得自己以前的目标是什么，而我现在的目标是，在抽完这支烟之前不必开始撒旦的狂欢。

还是我，还在这儿，还是你的病人，问题到底出在哪儿？

马克·卡桑德拉 8 号房

~~~

亲爱的库萨医生：

谢谢你让我停用抗瘾药。我感觉自己的脑子越来越清楚了。不晓得为什么，过去我没有勇气自己把药停了，而是要等到你的指示，就好像我不知道什么对自己好一样。已经四年了，哇。谢谢你让我停药，你拯救了世界。

~~~

亲爱的撒旦：

你以为当时我没有认出你吗？

三四分钟之前，在下城的哈罗德酒吧门外，就在日落时分，欢乐时光结束之后，我正走出酒吧去到大街上。

他就在那儿，靠在小巷的墙上，他的膝盖向后弯曲，脚底板抵在墙上，就像我们过去的那副腔调。那时我们觉得自己是一伙很刁的人。

你想怎么样？我说。

他说，你整个人都是我的，我想干什么都无所谓。

我说，你是上帝派来送信的吗？

比那更糟糕，他说。

我说，还有什么比上帝的信使更糟糕的吗？

~~~

亲爱的撒旦：

是的，他们停了我的抗瘾药。那药是你的最后一招，但没起到作用。人人都以为你是个酷毙了的家伙，穿着条纹西装，开着凯迪拉克敞篷车，整天对着手机讲话，舔着手指上的火，谋划着搞垮别人。你拨动着命运之弦，但你拿我没辙，那些挂在我心里的钩子，它们的弦没有一根落在你手里。

我的心里有很多钩子，它们连着我和我爱的那些人。所以请滚出我的身体，滚出我这辆凯迪拉克。我俩谁都不能驾驭它。可以驾驭我的应该是一个比我更强的人，那就是上帝，尽管这么说让我觉得自己是个懦夫。

马克·卡桑德拉（多多少少是个基督徒）

~~~

亲爱的哥哥约翰：

约翰我准备来看你——你是在一个普通的监狱里吗？还是他们把你关在什么病房里，让你自己流口水？

~~~

亲爱的约翰，卡桑德拉家最奇怪的一位：

顺便说一句，我真的这么认为——你的确是卡桑德拉家最奇怪的一个人，比老爸更奇怪，甚至比监狱里的妈妈更奇怪。不管我挨过多少枪子，你也比我更奇怪。你比哥哥更奇怪，虽然只是一点点。

我在给每个我能想起的人写信，也包括你和哥哥。但愿警察永远抓不住他，不过现在他们逮捕了你，只能希望他们对你温柔一点儿，然后尽快放了你。在我心里有一些钩子，我给它们牵挂着的每个人写信，就是你们这些幸运儿。每次你的心脏跳一下，我能感觉到自己也震动了一下，轻轻的一下。不管你喜不喜欢，这就是爱。我爱笨蛋奶奶，爱正在治病的爸爸，爱正在逃跑中的哥哥，也爱正在盖茨维尔监狱服刑的哥哥和妈妈。上帝保佑你的每一个心愿，这是某天我在电视上听一位牧师说的。希望我们都得到阳光和雨水的庇护。

70

我爱我的妹妹，她应该和我们所有人都一刀两断，我爱玛丽戈尔德妹妹，她应该和我们都撇清关系，一劳永逸。

约翰，我相信在我们家，只有你和玛丽戈尔德是没有变成瘾君子的人。她长成了一个好姑娘，而你也不需要通过什么会上瘾的玩意儿来过活，无论有什么挫折，你都能应付。但是妈妈，她吸进去的东西足以让我们全家鸡犬不宁。我当时很小，但我已经记事儿了。她那时坐在蓝色的躺椅上，嗅吸强力胶，或者用海绵吸入斯特诺冻胶燃料，或者用袜子吸入喷涂颜料。她已经看不懂电视里在说些什么了。她对着自己的想象祈祷着，但似乎总能得到回应。约翰，对我来说，她不像是个妈妈，更像是个童话故事，是个传奇人物。妈妈如今在得克萨斯的监狱里，她一直是个神秘的人，她在得克萨斯，在监狱里。我终于去看了她。他们不能阻止我见她，因为我带着自己的出生证和所有需要出示的证件。看守把我带进一个房间，说你在这里等会儿。二十分钟后，他回来对我说："你妈妈在里面。"是啊，这就是我那天去那儿的原因啊，就是为了亲眼见见家里这个著名人物……可是什么都没发生，我没有任何感觉，也没有如释重负。她是个胖乎乎的墨西哥妇女，穿着白色制服，模样像个打扫房间的。花白的头发里还有一两缕乌发。她得通过服药来避免产生自杀的念头。看起来药效过头了，她变得非常知足快乐。即使一列火车向她冲来，她也不会皱一下眉头。在她身边的我也感到放松，仿佛在一个宽阔平稳的池塘边的阴影处休息。她以为老爸已经死了。什么？不不，爸爸没死！他没死？是的，妈妈，他没死，他就在楼上。她大部分时间在哭或者看电视，她说是啊他在家的时候也没什么用。我想也坏不到哪儿去，只不过除了家他哪儿也不去，就是在家里闲待着，有时编几句诗，但从来不写下来。加利福尼亚怎么样……有点儿神秘，妈妈，那里的空气中闪烁着薄雾，雾气笼罩着阳光……上帝啊，听起来真不错，不过，唉，我永远也去不了那儿。听着，你们这些男孩子有什么问题？……有什么问题？妈妈，也许你注意到了，我就是一坨狗屎。她靠近我，看着我的脸。我可以看到她眼睛后面的万千思绪，她的眼中瞬间闪过一道亮光，她说："我明白，道歉也没什么用。"我说妈妈，我来这里就是为了这句话。

去年夏天，哥哥游荡到了尤凯亚。卢克的牛仔裤口袋破得屁股蛋儿都露出来了，但他依然盛气凌人。如果走在街上，我会认不出他来。在卢克那张既可怜又病态，既刻薄又悲伤的脸上，我得用手电和地图才能找到他的眼睛。他回来是为了找前女友的麻烦，你认识她吗？她叫苏茜？哥哥说："我要在她周围转转，找一找我破碎的心。"他不光自己生活在泥泞里，还想把全世界都搅进去。他想让世界知道，对他们这些人而言，生活有多么艰难，他们一直在逆境中挣扎，疲惫不堪，心力交瘁，他们甚至想招来警察，好让他们去到那个叫做监狱的好地方，然后在囚床上

72

躺下。我倒是希望卢克能去到那里，听听里头的人讲讲生活的真相。那都是些令人有所启发的真相，约翰哥哥，人们若是能从这些贯穿人生的谎言中挣脱出来，该是件多么好的事情。他们终于可以卸下谎言，如释重负，因为他们已经背负这些太久太久。他们讲的故事，他们的亲身经历，他们血淋淋的生活，他们愚蠢的行为和幸运的机遇，他们的得到和失去，他们被烧毁的房子，他们在暴风雨中哭泣的孩子们，他们在最后一分钟里逢凶化吉，他们在一次次伤透别人的心之后背过身去，他们在自己的生日当天被逮捕，他们以为自己死了，醒来后却发觉阳光正抚慰着他们的面庞，他们在倾盆大雨中搭车横穿整个国度，只为赶回家里，在父亲咽气前说一句重要的话，或许赶到时已经太晚，他们只能在父亲的坟墓前说这句话。有一个来我们这儿演讲的人叫霍华德，他的演讲让大家都入了神，我们一动不动地听他讲了四十五分钟。一开始，他讲了些非常小儿科的事情，高中毕业后他加入了步兵部队，因为没有战事，所以觉得服兵役很无聊。他在休假和周末时开始酗酒，被军队开除后进了圣罗莎社区学院，获得了一个商业学位，然后继续在周末酗酒，内心骚动不安。一天晚上，一个在圣罗莎当警察的朋友对他说："跟我们一起出去开开眼吧。"他说："我跟他们在外面转了两小时，感觉自己重新做人了。"这些警察让一位公民做什么，他就得做什么。他们发号施令，人们必须服从，我从不知道自己竟如此渴望这种权力。我加入了圣罗莎警察培训班，现在成了一名警察，我有过三个女朋友，一个黑人，一个亚洲人，一个白人，我整夜开着警车巡逻，教训人，痛扁人，感觉自己站在了世界之巅。一年后，我娶了小娇妻，当时我们的女儿已经有六周大了。两年后，上级派我加入缉毒部门做卧底，工作内容是在酒吧和各种派对上闲逛。他们问我能胜任吗？我反问说你们以为我没事的时候干什么？上级问我会买毒品吗？我说好吧，我会试试。他们说，霍华德，听着，有时在执行任务的过程中，你的面前会摆着可卡因，这时你得伸出脑袋，把毒品吸进去，这是工作的一部分，你行吗，霍华德？行啊我说，这是工作的一部分。六个月后，我成了最大的可卡因瘾君子，最大的毒品贩子，也成了北加州的黑警。我在101高速公路上持枪抢劫贩毒者和毒窝，我有七个女朋友，我介绍她们卖淫。老婆跟我离了婚，她带走了我的女儿，而我根本没在意。毒枭每月给我一千美元，让我买一小袋可卡因上缴给警局。在我床下的鞋盒里有三万美元和三四公斤可卡因，这些毒枭可不知道。我每天下午起床，出门为非作歹。我杀过三个人，至今我都宣称这个世界没有他们仨会更美好。我不是法官，对吧？但我相信我是上帝。我看着镜子里的自己，就是这么对自己说的——我对着镜子说：你是上帝。直到上帝来揭穿我的时候，狗屎如山崩一样落在我头上。我被抓起来，被指控了无数罪名，包括一项二级谋杀罪，如果把这些罪加起来全部执行，我死后一百年还在服刑。我躺在监狱里，在单人牢房里洗刷了自己身体里的毒品和暴力，我把自己的灵魂交给上帝，上帝把它放在手指间揉捏，万物之神掌握着我灵魂的全部。全都真相大白了，我全部的所作所为，我的每一个想法，我生命的每一个瞬间，都是狗屎，再变成灰烬，最后被风吹散。我对上帝说，上帝啊，弄死我吧，我连祈祷都不需要。把我的内脏捏碎直到你累了为止，这是我此刻全部的心愿，因为至少它是真诚的，是实在的，是和上帝有关的。接下来我觉得自己死了。我觉得我死在监狱里了。我的生命离开身体，你们现在看到的我是另一个人。我像幽灵一样在法庭里游荡，最后被判了十年。我一天一天地服刑，服了七年刑，我日日夜夜地祈祷，祷告词只有一句：主啊，把我的内脏捏碎直到你累了为止，主啊，杀了我，我不在乎，只要是上帝把我干掉的。八天前我从佩利肯湾监狱出狱，假释的要求之一是康复治疗。我活了三十六年，一无所有，只有上帝一直在我身边，这是我唯一的需要。如果你觉得我在胡说八道，滚你妈的蛋。我的故事是惊人的事实。

我也是，我也是的，约翰兄弟，我的故事也是惊人的事实。就像老爸说的，"我一只脚踏上悔恨之路，开始我的旅程。"

过去四年的我，简单概括就是：穷困潦倒，迷失自我，戒毒，在得克萨斯无家可归，肋骨被38毫米口径的子弹击中，在尤凯亚靠老爸的资助为生，再次戒毒，被车碾过（我觉得是，我很确信，但过程不记得了），然后又被枪击，现在又一次戒毒。可能另外还有两次戒毒，以及在老爸家度假时的丢脸经历。两次枪击是同一个人开的枪，第一次是在我偷一个家伙的钱和可卡因的时候，他打伤了我，第二次是他追踪我，用一把点22口径德林格手枪射中了我的肩膀。被那些点22口径的长枪击中可真疼。我同情那些被更大口径枪击中的人。如果一支点44口径的枪击中一个像我这么瘦弱的人，我可以保证它会把我一条胳膊打飞。不止一次，我醒来时听到救护人员说："你本该死掉。"

我的墓碑上会这么写：

"我本该死掉。"

你的基督兄弟，卡斯

76

扼颈魔鲍勃

我跳进车，漫无目的地向前飞驰，接着轰的一声，车撞在了电线杆上。再接下来我进了监狱。我记得当时有一大堆胳膊、腿和拳头，我被他们按在最底下，拼命反抗，又是抠人眼睛又是掐人脖子。但是，当我到达监狱的时候却毫发无损，他们一定是轻轻松松就把我给制服了。星期一我受到了干扰治安和蓄意损毁财产的指控，也认了罪，本来他们可以指控我更重的罪：偷车和拒捕，但因为那天是一九六七年的感恩节，而且我只有十八岁，以前也没犯过什么罪，所以从轻发落，被判入狱四十一天。

　　这是一所县级拘留所，一楼是接收区域、办公室等等，上面两层是牢房。他们把我和那些低楼层的地痞流氓关在一起。"在这种地方，"狱长对我说，"如果你睡得晚，你的早饭就会被其他人吃光。"空气中有股味道，像是消毒剂或是别的什么用来杀菌的药水。牢房的门没上锁，我们可以在中央区域自由出入，或者在环绕整个区域的过道上散步。结果就是每天有不下二十个人在这里活动，穿着牛仔裤和蓝色工装，脚上蹬着橡胶底的莫卡辛帆布鞋，他们在这里走走停停，有人靠墙站着，有人坐着休息片刻后，站起来继续散步。我们这些人，大多数看上去像是刚从精神病院里放出来的，事实上我们中的很多人都去过精神病院。至少我去过。

和我同住一个牢房的人比我年纪大些，大概四十多岁，秃头，圆鼓鼓的大肚子，正等着最后判决。我问他犯了什么事儿，他说："很来劲的事。"我入狱的第二天晚上，听到他和唐纳德·邓肯的谈话，邓肯的年纪和我差不多，每晚熄灯之后会在过道上转悠，要么在监狱门的栏杆上吊一吊，伸伸胳膊踢踢腿，要么在柱子上展臂拉伸，把自己悬在空中，与此同时跟人说些愚蠢的对话。

"我的律师都搞定了，"我听到自己的室友对邓肯说，"我在等开庭的时间，然后接受二十五年的刑期。这样等我出狱的时候就能拿到社保金了。"

"如果你不介意的话，容我多问一句，"邓肯说，"你犯了什么事儿？"

"我和我老婆之间有点误会。"

"啊哈！你该跟我老婆谈谈！"邓肯像只猴子一样蹦跳着走了，只剩下我们俩。有人看见过他从三楼的公寓窗户里爬出去。看来他一直在锻炼自己，预备将来找一份需要在高空作业的活儿干。

监狱的噪声渐渐平息下来，只有零星的三言两语，偶尔的敲击声和咳嗽声，睡在我下铺的室友问我："他们都叫你丁克，是吗？"

"我还有另外一个名字。"我说。我睡在上铺，说话的时候，金属房顶离我的脸只有几英寸。

"不，在这儿你只有一个名字。"

"你叫什么名字？"

"扼颈魔鲍勃。"

过了一会儿，我侧过床边，悄悄打量睡在下铺的这张脸，但我只能看到一个黑暗的椭圆形，像是击剑手戴的面具一样。在黑暗中凝视久了，这张脸开始慢慢扭曲变形。

在下层的这些囚犯里，最引人注目的是一个年轻的大个子，一头金发梳成背头，脸上带着顽童之气——苹果般的双颊，胖乎乎的前额，蓝色的眼睛里散发出快乐的光芒。看守们叫他迈克尔，但他叫自己乔克，其他犯人也这么叫他。乔克每天东游西晃，找人听自己扯淡，最好还能来个掰手腕比赛。他说自己在县监狱里进进出出了十八次，每次最少关一个月。他还不到二十一岁。这次进来的原因，是他在豪生酒店的餐馆里把一个欠揍的家伙海扁了一顿，用他的话讲，是他选错了地方。从典狱长到看守，乔克认识这里所有的人，他偷偷告诉我，警长的老婆在监狱楼下的行政部门上班，没少对他暗送秋波。他没有成为监狱老大的壮志雄心，但终究是这里的明星人物，其他人只能围绕在他四周。他称他们为"废物们"。

进来后的第一个早上，我还真睡过头了，早饭也的确被人吃光了。从那以后，我再也没错过一顿早饭，因为我们的生活中，除了等着吃下一顿饭以外，就再也没有值得期待的事情了。在这里，人对饥饿的感受比婴儿还要凶猛。早餐吃玉米片，午餐是腊肠配白面包，至于晚餐，通常是"柏亚迪大厨牌"的罐头食品，如果幸运，也会碰上"顶级摩尔派"。这些是我吃过的最美味的饭。

吃完午饭，乔克通常会组织一场扑克比赛，赛制如下：每人发五张牌，牌面最大的人可以在其他人肩膀肉多的地方使劲捶一下，击打的声音在金属牢房里回荡。只有五六个人参与，我们其他人都明白，这可能会要了我们的小命。我躲得最远。我只有一米七高，体重五十五公斤。刚才提到过，这帮人给我起了个外号叫"丁克"——这不是我选的外号。

还有一个人，我从没听人喊过他的名字，他没有朋友，不跟人打招呼，也不聊天，他每天在过道里拖着内八字脚步走上几个钟头，羸弱的身体似乎禁不住体内的张力而紧缩扭曲着，他在自己腰的位置出拳，仿佛在击打一个看不见的孩子，嘴里喃喃自语着"你这个婊子养的，混蛋，他妈的警察"，言辞中不时插入一些有力的爆破音来增强效果，比如："噼里啪啦吧啦轰！"他长着一双招风耳，两腮无肉，缩紧的前额，小脸上最显眼的是一个硕大的鼻子，下面是一张普普通通的嘴——整张脸看起来像是一副狂欢节的面具。散完步后，他坐在地面上，后脑勺在墙上的钢铆钉上来回扭动。其他人远远瞧着，小心提防着他。

十二月初的一天下午，我看不出这天和平时有什么不同，像往常一样，时间在缓缓流逝中显示出，这又是穷极无聊的一天。乔克大喊一声："五十二张牌！"他把扑克牌抛撒在空中，自己从中心区域跑掉，消失在他的牢房里。每天的这个时刻，时间的天平不断倾斜，让人忍无可忍——午饭离得越来越远，而晚饭依然遥遥无期。门上的栅栏显得比铁还要硬，你觉得自己实实在在被锁住了。整个区域不比一个篮球场大多少，包括中央的活动区，周围的牢房，还有把一切圈在里面的过道。这里的每个人都能告诉你，如果你沿着过道散步，一圈正好是二百六十步。这种时刻，适合打个盹，或者对着电视发呆。但是在这天，那些平时玩牌的人筋疲力尽，又没了带头的人，于是把目光转向了我们这些旁观者。当他们的目光落在那个没有名字的孩子身上时，那个看起来像是戴着狂欢节面具的疯孩子，我们都能感觉到有事要发生，一种在我们周围的空气中蛰伏已久的东西就要被点燃了。

这些玩牌的人大多二十来岁，有两个可能过了三十，都是犯了重罪等着判决，将要在监狱里度过很长时间的人。乔克叫他们"废物们"，过去这六七个人习惯在玩牌时挥舞拳头，但是今天这些人（其中包括唐纳德·邓肯）在过道上玩得更加疯狂，他们瞎吵八嚷，在过道上一边绕圈走一边叫唤，占据了最外围的一圈位置。这几个人控制了整个监狱，而且他们只谈论那个孩子的事儿，猜测着他干过什么，但他一直盯着电视，装作没听见。

"到过道上来！"但他稳如泰山。

"来吧，不会疼。"

扼颈魔鲍勃和我并排坐在牢房的床上，我没有爬回到自己的上铺去，因为我不敢动。

"按那个按钮吧！"

"这是谁说的？"

那个孩子从椅子上跳起来，走向按钮。"我没说。"

邓肯说："别按。"

"我不会按。"

"刚才谁说的要按？"

在过道边的墙上，有一个巨大的红色按钮，它位于电子打火机和装着警铃的大门之间，那扇门通向大楼的其他部分，我们每天的饭食也是从这扇门外送进来的。一旦有了什么麻烦，按下这个按钮，它就会向楼下的狱长发出警报。但是通常都会有个人守着这个按钮，某个囚犯会站在按钮边上，防止有人来按它。

今天邓肯打算亲自看守这个按钮。他说："别按它。"

"我说了，我不会按。"

邓肯长着一头蓬乱的头发，浑身肌肉紧绷，这会儿看起来更像个粗暴的野蛮人。"你就认了吧。"

孩子回到中心地带坐下。他坐在椅子上，双手握着椅子座，假装在看电视，电视机悬挂在屋子的角落。

邓肯跟过来，站在他的椅子边。他们一起看了几眼电视广告，然后邓肯提醒他说："该发生的总要发生。"

"你说得够清楚了。"孩子说。

乔克忍不住了。他怒气冲天地离开自己的牢房，跳上两张长条餐桌中的一张，站在桌子上，看着天花板，也许是在望向天空，有点像一个电影明星即将进入剧情的高潮，有一股巨大的能量控制着他。

不知道是因为他不想弄死那个疯狂的孩子，还是因为他觉得拖得太久了——总之，大家不清楚他的立场到底是什么，只听到他在大喊，"我受够了!"他站在桌子上，举起双臂，像是拉着什么看不见的栏杆。这家伙真是个大块头，又肥又壮，像个大气球，不过眼下，他更像是个用愤怒的石头雕刻出的塑像，浓密的黄头发下面是一张涨得紫红的脸。"我受够了!"他尽量保持着一点风度，从桌上跳到椅子上，再下到地面。他四处走动，做着凶猛的动作，像是在宰杀着某种想象中的动物。他的脚步在过道上发出沉重的声音。"我受够了! 受够了! 受够了!"

没有人知道这团怒火从何而来。不管是出于什么动机，乔克的表现镇住了场面，也许是因为我们都知道，看守也听到了他的声音。下午过后，乔克慢慢地冷静下来，第二天，他又变成了那个招人烦的，对人过于亲热，又让人害怕的乔克。

在同一个下午，当一些人密谋着要对付这个无名小子时，其他那些家伙一开始也杀气腾腾的，后来似乎陷入沉思，再后来变得迷惑不解，一场谋杀计划的高潮部分演变成蹑手蹑脚地溜到孩子身后，把橡皮筋弹射到他的后脑勺上，而孩子的注意力始终没有离开过电视上的《新婚游戏》，连眉头都没有皱一下，让他们一点成就感都没有。第二天早上，狱长叫走了正在吃早饭的孩子，把他转移到高楼层去了。

是的，监狱里允许有橡皮筋，只要有人愿意送来，监狱里还会有图书、杂志、糖果、水果，还有香烟。如果没人送东西来，每过两三天县政府会给囚犯们提供一包名为"艾尔伯特王子"的粗制烟草，以及一叠卷烟纸——记住，这是一九六七年。在那个年代，宠物或孩子在大街上乱走都无人看管。令人尊敬的公民们到处扔垃圾。至于我们这些犯了法的人，我们用监狱墙上的电子打火机点燃手中的香烟。

唐纳德·邓肯教会我如何卷烟。邓肯是在活动房聚集区长大的穷孩子，我是中产阶级的失足青年，但我们相处得很自在，因为我们都留着长发，都喜欢让人上瘾的东西。邓肯只有十九岁，和那些感觉生无可恋的可卡因成瘾者一样，两条胳膊的血管上布满刺青。另一个叫 BD 的孩子也是这样，他是在圣诞节的前一周进来的，我们只知道他叫 BD。"我的名字只能写出来，没法念出来。"这是他的借口。另一方面，我也不知道自己的外号"丁克"的意义。指不定是哪个满腹牢骚、眼泡浮肿的囚犯从我身边走过，瞄我一眼，嘴里嘟囔了句"丁克"。

邓肯身材矮小，但一身肌肉。我同样身材矮小，却弱不禁风。BD是监狱里个子最高的，厚实的身材向上变窄，有一副匪夷所思的削肩。他的脑袋却相当大，顶着一头棕色的卷毛。他有天和女友约会，喝醉以后决定去一家餐馆行窃。凌晨时分，餐馆打烊后，他爬上屋顶，手里拿着工具，试图找到能潜入餐馆的通道，结果一脚踩在天窗的遮板上，头朝下砸在了十六英尺下的桌球台面上：当他苏醒过来的时候，周围站满了警察。

BD看起来似乎没怎么摔坏。本来他应该很快会被带去医院检查内伤，但日子一天天过去，他似乎被人遗忘了。

邓肯，BD，加上我，我们三人组织了一个委员会，成了三个火枪手——我们不会捣乱，也不会舞刀弄枪，只是不断地聊些毫无意义的天，卷些奇形怪状的烟卷，或者打打瞌睡。

BD告诉我们他有个弟弟，还在念中学，他在学校里向同学们兜售迷幻药。弟弟来探视过BD，给他留下一本杂志，弟弟说其中有一页用裸头草碱[①]泡过，但是BD觉得更有可能泡的是LSD[②]加上某种大型动物镇静剂。不管怎样，BD非常慷慨，他把那一页撕下来分成三条，当作

---

① 裸头草碱是从墨西哥裸盖菇内分离纯化出来的一种致幻剂。
② LSD是一种真菌致幻剂。

平安夜的惊喜礼物，送给我和唐纳德·邓肯各一条。那晚我们放弃了晚餐，空腹吞下纸条，等着飘飘欲仙。乔克，那个金毛胖子，对我们说："天啊，你的嘴唇发紫了，还有你，还有你。让我看看你的舌头。怎么回事？你们得了瘟疫了吗？"

"给你三份晚餐，少操点心。"

乔克吃完了我们给他的三份晚餐，又吃了他自己那份。

BD 的家在奥斯卡卢萨镇，离这儿大约八十英里。有不少犯了法的人从那一带跑出来，来到约翰逊县，经常被抓进约翰逊县的警察局。我以前不认识 BD，但是我和他的女朋友薇奥拉·珀西很熟，她是我们镇上的人，就住在那个贫民窟公寓里，我去年夏天也在那儿住。她是个让人又爱又怕的姑娘，不到三十岁，有两个年幼的孩子，每月从福利部门或者社保部门领取救济金。总之，她是个很不错的姑娘。但是在 BD 的眼里，薇奥拉既是天使也是魔鬼，既是病痛也是良药，她拒绝来探视他，甚至连话都不和他说。

"薇奥拉这么生我的气，"BD 告诉我们，"是因为我和查克·查尔森的老婆上了床，但是——"他急着补充说，"只搞了一次，这完全是个意外。我到查克家，只是想打个招呼，但是他出去买鞋了还是干吗，他老婆一副空虚又饥渴的样子，我们很快就干柴烈火了。我离开他家的时候，看见查克坐在车里喝啤酒，抽着酷儿香烟。他的车就停在我的大卡车后面，我和珍妮特在他床上翻滚的时候，他大概一直坐在那儿。我打开我的车门时，他对我竖了一下中指，然后他就哭了。我为查克难过，他娶了个婊子，一个欲求不满的女人，但这是他的问题，对不对？我关上车门开走了，你以为事情就这么结束了对吧？但并非如此。查克跑去告诉了薇奥拉。天呐！我可真搞不懂，跑到别人的女人面前说三道四，真够恶心，罪不可赦，卑鄙无耻。合情合理的结果是，我和另一个伙计埃德·百威——你们认识埃德·百威吗？"——我听说过这个人。其他人不知道他——"好吧，有一个人听说过他。我和埃德·百威来到查克家，对他说：'查克，听着，不管你是个管不住嘴巴的告密者还是个公认的阄人，我们和好吧。我们这有箱啤酒，大家还是朋友，一起去河边吧，坐在树荫下喝个痛快。'我们把他带上卡车，开到镇子外大概十英里的旧的公路上，我用枪指着他的耳朵，埃德·百威扒了他的长裤和内裤，还有鞋和袜子，我们把车开走，让老查克光着脚，沿着公路走回镇上，他浑身只穿着一件衬衣，光着他那不怎么好看的屁股。但是，薇奥拉还是不肯原谅我，她永远不会忘记我做过的事。现在是下雪了吗？"

到了这会儿，我们吃下去的药该起作用了，但我什么感觉都没有。我问了问他们两个，邓肯摇摇头，但是 BD 瞪着我，眼睛里像是有两面小镜子，他说："我能说的是：珍妮特·查尔森能让任何男人爽。"

"她也能让动物爽吗？"邓肯问。

"我觉得没问题。"

"你是说，珍妮特·查尔森也会跟一只羊干？她会让一只羊插她吗？"

"我说了，没问题。"但是 BD 皱了皱眉，沉默了一小会儿。我确信，此刻他正在思考，自己是不是和一只羊一起，分享了这位性欲旺盛的珍妮特·查尔森。

邓肯攀上附近一间牢房门上的栏杆，他脱下鞋和袜子，用脚趾勾住门上的金属框架。BD 问他："你是不是和我一样觉得很恶心？"邓肯说："不，我只是在锻炼。"

邓肯的大脑照例是一片空白，但这会儿被侵入了一种动物的欲望。他用左手左脚抓住栏杆，把右手右脚同时伸展到空中，看起来和动物园的猴子一模一样。

"你确定什么感觉都没有吗？"我问他。

"我感觉找到了自己的根，一直回到洞穴里，回到人猿。"他转过头看着我们，他的脸变暗了，但眼珠子放着光。他看起来像是站在一扇大门口，沐浴在史前的记忆里。他在召唤远古的大树——树的枝叶从监狱的墙上长出，纠缠耸立，把我们卷绕其中。

忽然传来一声大笑，"哈哈！"笑声来自我的室友，扼颈魔鲍勃，他坐在附近的过道上，双臂环抱在胸前。和其他人一样，扼颈魔鲍勃很能睡——从晚上十点钟熄灯一直睡到早上七点开饭，早饭后打个盹儿，晚饭前再打个盹儿——但是在这个平安夜里，他一直醒着，用冷酷空洞的眼神观察着我们。

BD说："我从没见过雪有这么多颜色。"

那页纸上的药物泡得不够均匀。BD吃的那张纸上药最多，搞不好全被他吃了。这算公平，但也很不幸。我能感觉到全部效果似乎只在扼颈魔鲍勃身上，他又大笑了一声——"哈！"——他看我们注意到他，就接着说：

"那天气氛很好，你知道，只有我们俩，我和我老婆。我们烤了两块T骨牛排，喝了一瓶进口博若莱红酒，然后我好像把她杀了。"

他把手指环绕在自己脖子上演示给我们看，我们像是进入了一片魔法森林，仔细端详着他。

邓肯用手拍在自己前额上，嘴里发出枪击的声音，对这个杀人犯说："你是那个吃了自己老婆的人！"

扼颈魔鲍勃说，"那是胡说八道的夸大之词。我没有吃自己老婆。当时的情况是，她养了几只鸡，我吃了一只。我掐断了我老婆的脖子，又掐死了一只鸡，然后把那只鸡当晚饭煮煮吃了。"

"等一下，鲍勃先生，"BD说，"你能给我解释一下吗？你是说，你先吃了一块T骨牛排，喝了进口红酒，然后你——杀了你老婆——然后，你又吃了鸡？你刚杀了人，立刻又饿了？"

"你听起来像是个检察官。他总想把事情说得更严重。

那只是一只鸡，就是他妈的一只鸡。"扼颈魔鲍勃的身体消失了，他的秃头在空中浮动——不单是浮动，是穿越空间不断缩放。他说："上帝让我给你们捎个信，或早或晚，你们三个都会杀人。"他伸出手指，依次指向我们三个，"杀人犯，杀人犯，杀人犯"——他的手指停在邓肯的鼻子上，"你会是第一个。"

"我不在乎。"邓肯说，你能看出来，他的确不在乎。

BD 的身体在发抖，忽然全身强烈震颤了一下，满头的鬈发都在抖动。"你真的和上帝谈过？"

听到这话，我像猪一样哼了一声。想到上帝，我觉得厌恶。我不信仰上帝。人们喋喋不休地说着宇宙间的神灵，印度教的七轮，禅宗的心印。与此同时，凝固汽油弹正在亚洲烧死孩子。此刻，我希望这个晚上能重新来过，好把扼颈魔鲍勃从这个夜晚去除。

我的愿望马上就实现了。邓肯兴奋起来，大概是因为刚才关于杀人犯的对话，想到有一天自己会杀人，他提出一个异想天开的想法："我们去按那个按钮吧。"

我正在琢磨这句话什么意思，BD 就接受了它的字面意思，站到了按钮前。

我说过，BD 个子很高，看起来没人能动得了他。然而，邓肯在他的史前森林藤条和树枝上摇荡着，吊挂在丛林的顶端，用一只光脚的脚跟踩下了按钮。我们听到一个精致的声音——像是一台老式闹钟叮铃作响，从三十年代电影中的沉睡大楼里悠悠传来。狱长赶来，从门外问："这儿出了什么事？"BD 回答说："没事。"但狱长只是在掏出钥匙开门的间隙里随口一问，随后三个看守冲了进来，开始在他们能打到的每颗脑袋上乱挥警棍。扼颈魔鲍勃和三个火枪手都趴在了地板上，看守们一直抡到胳膊累了，同时感觉自己尽到了责任，才说："今晚不许再碰那个按钮。"又说："都听明白了，先生们。"接着说："不然有人就得被打瘸了。"

我们在惊吓和迷乱中爬回自己的牢房——只有邓肯例外，他似乎对自己一手造成的这场噩梦无动于衷。他在过道上散着步，嘴里哼哼着含糊不清的声音，手指在门的栏杆里拨弄着。他的大脑一定比别人缺少一块。

我奋力一跃，把自己的身体投向一张床的上铺，我希望那是我的床。在刚才那场恐怖的狂欢中，我的室友扼颈魔鲍勃似乎人间蒸发了。现在我找到他了，他完完整整躺在自己的床上。我爬上床的时候踩在他的膝盖上，他一言不发。我本以为他会骂一句，或者至少恶狠狠地说句"圣诞快乐"，但是他什么都没说。我侧过床边偷偷打量着他，不一会儿，我就看到，在自己的下铺，他的脸上正呈现出外星人的特征，火星人的嘴巴，一双属于仙女星系的眼睛正回望着我，带着魔鬼般的好奇。我感觉自己轻飘飘的，头昏脑涨，这时，那张嘴里发出了我奶奶的声音："现在。"扼颈魔鲍勃说："你还不明白。你太年轻了。"这是我奶奶的声音，一模一样的悲痛声调，带着同样的忧伤和逆来顺受。

我再没有回过监狱。我会先上吊自杀。

BD对监狱一定有同样的感受。十五年后，八十年代初期，他在佛罗里达州的一所监狱里自缢身亡了。BD杀死了自己，从某种意义上，他的确杀了人，扼颈魔鲍勃的预言应验了。愿他安息。

……我们后来见到了一次薇奥拉·珀西。

县监狱和法院坐落在山脚下的法院大街上。囚犯的亲友们，有时会去靠近山顶的杜布克大街路口——包括女朋友们，大多是喝醉酒的女朋友们——他们站在那里，向下摇手呼喊。从监狱的东南角，透过最后一扇窗户，我们能可怜巴巴地看一眼他们所在的位置。新年前夜，一名囚犯把我们叫到窗口，我们排着队看到了薇奥拉。BD说她是"我的灵魂伴侣和心头的痛"，此刻，她正站在一盏路灯下，像是站在一条长长隧道的另一端，穿着一件休闲外衣，也许是一件塑料雨披，戴着一顶白色的帆船帽，白色的长筒靴覆盖到小腿上部。这时如果有一点闪光的小雨，就尽善尽美了，这是一个人能想象到的最为沉默、遥不可及和悲伤的画面。它的意义非常模糊。让他在这个孤独的瞬间看到她——只有BD自己能解释其中的含义。在我待在这个监狱的短暂时光里，薇奥拉从没来探视过BD。

我在监狱里的时候，有时会想，这里是不是灵魂交会的十字路口。我不知道如何解释，在我的一生中会一次次和这些家伙重逢，我在梦里不断看到他们，有时在现实中也会见到——在街道转角处，从路过的火车窗口望出去，离开一家咖啡店时，我一抬头便认出他们，然后他们就在门口消失了——这让我感觉到，每个人的世界都真的非常小，只有一座监狱那么大，人们在监狱的牢房中，一次又一次地遇到同样被囚禁其中的狱友。尤其是 BD 和邓肯，他们后来多次出现在我年轻的生命里。我觉得他们可能不是人类，而是一些任意妄为的天使。我不细述每次遇见他们的情形了，但是关于邓肯，自我们狱中相识两年后，他和反社会金发巨人乔克搭档，在堪萨斯城成功抢劫了一个臭名昭著的毒枭，在此过程中唐纳德·邓肯杀死了一名保镖——证实了扼颈魔鲍勃的预言。

你可以进一步说，扼颈魔鲍勃的预言是百分之百准确的。堪萨斯抢劫案的第二天，邓肯从案发现场向东跑了三百英里，来到我家门口，他还在对自己的所作所为惊叹不已，另外需要一个藏身之地。他躲在我的小公寓期间，我们服用了大量他抢来的海洛因，他认为已经安全，决定要离开时，又给我留下一大包海洛因，都是我的，接下来的一个月里，我对海洛因彻底上了瘾。我以前有过毒瘾，以后也会上瘾，但这一次是命运的转折点。我的命运从此被破坏。我嗜酒如命，把自己当作药罐一样地吸毒，几年

95

后便倾家荡产，成了大街上的酒鬼，到处流浪，睡在布道所，在慈善机构讨饭吃……很快我就开始卖血来换酒喝。因为和其他穷人共用一个针头，我的血染上了病毒，不知道有多少人会因为我的血而死。虽然我嘲笑上帝，但是当我死的时候，BD和邓肯，这两个上帝派来的天使，他们会数一数因我而死的人数，再告诉我，我的血曾经杀死了多少人。

坟墓上的胜利

我正在旧金山的一家超大餐厅里，吃着培根和鸡蛋。外面阳光灿烂，室内嘈杂拥挤——事实上每张桌子旁都坐满了人，所以我只好坐在酒水吧的吧台上。这个吧台贯穿整个饭店，而我正对着墙上的长条形镜子，可以把我身后的整个餐厅都尽收眼底。我能大大方方地盯着别人看，而不用担心会被教训，可以这么说，我是在观察自己身后的景象。断断续续的谈话声，叫声和笑声席卷而来，将我包围。我注意到身后的一个女生——我从镜子里能看到她——正和朋友们一起吃早餐，我感觉与她似曾相识。她完全没有意识到我在打量着她。好吧，我看了一会儿，终于想起来，她的脸很像我的一个住在波士顿的朋友——她的名字叫娜恩，是罗伯特的妻子。我并不是说这个女生就是娜恩，娜恩住在波士顿，生来一头红发，而眼前这位的头发是棕色的，也更年轻一些。她说话的时候，嘴的样子和娜恩如出一辙，还有她的手指——她说话时手指的动作，像是要弹去指尖的灰尘，竟也跟娜恩一模一样——这让我不禁联想到，也许她们是姐妹，或者表姐妹。这个想法并没有那么不着边际，因为我知道，虽然娜恩住在波士顿，但她是旧金山人，现在还有亲戚在这里。

我产生了一个冲动，想要给娜恩和罗伯特打个电话。

他们在我的电话里（老掉牙的说法）。我这就给他们打电话……

　　我拨通了罗伯特的电话。电话立刻接通了，话筒里响起娜恩的声音："兰迪！""不不，我不是兰迪"——我告诉她自己是谁。"我得挂了，"娜恩说，"家里出了紧急状况，糟糕透了，真糟糕，罗伯特……"就像电影里经常出现的那样，提到罗伯特的名字后，她开始啜泣。我很清楚，这样的状况在电影里意味着什么。"罗伯特没事吧？""不，不，他——"娜恩继续抽噎着，"娜恩，出了什么事？告诉我发生了什么？""他今天早上心脏病发作，心跳停止，没救过来，他去世了！"我没办法接受，问她为什么会这样说。她又说了一遍：罗伯特死了。"我现在不能多说，"她说，"我要给很多人打电话。我得给我妹妹打电话，给旧金山的亲戚们打电话，因为他们都很爱他，我先挂了。"说完她就挂了电话。

　　我放下电话，试图在这本日志的这一页上记下刚才这段对话，但我的手抖得太厉害，我只得停下来。我能想象娜恩的手指在触摸她的手机时，一定也抖个不停，她得给家人们打电话，告诉他们这个令人难以置信的噩耗。我在酒吧的高凳上转过身去，把吃了一半的食物搁在一旁，端详着饭店里的人们。

　　那个很像娜恩的棕发女子还在。她已经吃完了，放下刀叉，正在翻弄自己的手袋——她掏出了手机，放在耳边，说了声哈啰……

我丢了没吃完的早餐，来到最近的一家医院。之前我送个朋友到这里做检查。我们都叫他林克，他的全名是林克维茨。我已经在林克家住了好几个星期，做他的司机、助理，也经常当他的护工。林克快要死了，但是他不愿面对。虽然身体虚弱，皮包骨头，但他仍旧乐此不疲地向我描述他装修房子的计划。这房子已经破败不堪，里面全是垃圾。他什么都做不了，每天只能起身一两次去上厕所，或者在微波炉里热点牛奶和速食燕麦。他几乎连翻书的力气都没有，有时一口气能睡二十小时，但他依然在做长远打算。有时候他会接受现实，处置一下个人财产，告诉我他对葬礼的想法，回顾起自己曾经的恶作剧，谈谈那些很久没有联系的朋友，细述那些让他悔恨的事情，并且思考一件事的可能性——他很好奇在心脏停止跳动以后，人生体验是否还会继续。只有当去旧金山或是圣罗莎或是佩特卢马的医院检查身体时，林克才会离开家——这时候我就派上用场了。这会儿，我正坐在医院的候诊室里，放射科医师正仔仔细细地做着检查，把他们早就知道的结果再确认一遍。我掏出笔和本子，把我在餐厅的经历，以及我认为自己看到的女人是娜恩的妹妹这件事继续写完。这篇文章开始的几段，就是我记录在本子上的原文。

写作很简单，用不着什么昂贵的设备，作为职业，你可以在任何地方从事这项工作。你可以掌控自己的时间，可以穿着睡衣在家里走来走去，听着爵士唱片，品尝着咖啡，看着一天慢慢溜走。你不需要保持高效率，大多数情况下甚至不需要任何效率。就算不是整天喝醉，我也会有一半时间喝得醉醺醺的，但即便如此也不会影响写作。有时难免穷困潦倒，焦虑不安，债台高筑，但这些都是暂时的。我曾经在贫穷和富有之间大起大落，而且不止一次。无论经历了什么遭遇，你都可以把它写在纸上，呈现出来，表达出来。这和拍摄朵朵白云飘过天空并称之为电影，并没有什么真正的不同——虽然你不得不承认白云会起起伏伏，它带着你到各种各样的地方，有些地方会非常糟糕，而你很久都找不到回去的路。

有些同行说我很有名。大部分同行则从来没有听说过我。无论如何，想到自己有一技之长感觉挺好，因为自己能造成些影响。有一次我给一群孩子讲了个鬼故事，有一个孩子就吓得昏了过去。

我现在就为你写个故事，姑且称它为"检查右膝"吧。事情发生在很多年前，当时我二十岁出头。从十五岁生日那天起，我的右膝就出了问题——我弯腿时，有时候它会卡在某个位置动弹不得，我得找到合适的位置和方向才能让关节慢慢恢复灵活。那些年我一直试图不把它当回事，但是情况越来越糟，在我大学二年级的时候，我去校医院找了专家。我拍了 X 光，结果显示有软骨组织撕裂。骨科主任要亲自给我诊查，我穿着带着夹子的绿色病号服，在骨科主任门外的过道里等着。

过道里静悄悄的，偶尔有穿着绿色或白色衣服的医务人员走过。过了一会儿，走廊另一头大概五十英尺远的地方，一个穿深色西服的中年人开始对着墙上的公共电话讲话。他说话的时候，大部分时间里都背对着我，但某一刻，他有些气急败坏地转过身来，然后有几个字传到了我耳边："我从来不喜欢动物。"

这时候主任的门开了，一个穿白衣服的人叫我进去。

我跟着他走，没有走进那间狭小的检查室，而是到了一个小礼堂的主席台上，这里光线明亮，下面坐了几百号人，在耀眼的灯光下，我只能猜想他们是医学生。没人告诉过我会被带到这里做展示。在主席台中央，一盏肖像摄影师用的照明灯放射出刺眼的光，带我来的人帮我躺上一张活动床，让我仰面躺着，把我摆成日历女郎的姿势。我的膝盖抬起，病号服摊开，露出赤裸的腿。

那时候，我一有机会就嗑药。一小时前，就像是为这个场合做准备似的，也可能是纯粹的巧合，我刚服用了大量的 LSD，它的一个作用是令我更专注地意识到膝盖的剧痛，同时又把这种疼痛完完全全暴露出来，让它变成一件可笑的事情。它的另一个作用，是揭示出宇宙中势不可挡的、永恒的生命力，特别是潜伏在周围黑暗中的那些观众，他们的呼吸和叹息完全同步，像是一个巨大的生命体。

骨科主任走到我身边。他要么真的人高马大，几乎是个巨人，要么就是在这种情形下显得硕大无比。他用滚烫的巨大双手抓住我的身体，一边摆弄着我的小腿，抚摸着我的关节，一边对观众讲课。我很确信他会吃了我。"现在你们看到，变形的软骨组织如何卡住关节。"他说。但是他无法演示这种效果，只是不停地在膝关节处拉直和弯曲小腿，同时继续絮叨个不停。就在此时，我看到一股强大而空虚的力量正以难以置信的速度吞噬着现实，但是没有任何力量可以阻挡我们持续坠入当下。

骨科巨人用一只手抓住我的大腿，另一只手抓住我的脚踝，一边来回轻轻转动我的小腿，一边毫不客气地说："有时候得来回摆弄几次才行。"不过我的膝盖始终没有卡住。于是当着众多学生的面，他说我是装病。"没什么需要治疗的。"他说。他用一根手指指着我，把所有过错都推在我身上。"很多年轻人想愚弄医院，因为他们不想服兵役。"

我如果想卡住自己的膝盖，那简直易如反掌。我只需把小腿弯曲，提起膝盖，再把脚向右转四十五度就行。膝盖卡住时会发出令人作呕的声音——是一种恐怖的、吞咽般的声响，像是来自混沌之前的世界深处，在那里善与恶还是一体的。

"啊哈，你们看，"巨人对着黑暗中的同僚们说，"现在大家都看到了！"我知道，这意味着接下来他会把我变消失，紧接着他会让我爆炸来逗学生们开心。然后我明白了，他是个骨科专家，想要用我的膝盖来演示膝关节交锁，但他没办法把我的膝关节卡住，还得靠我来帮他，现在他又要向学生们演示，如何把卡住的膝盖解锁。但连这个他也做不到。又是一阵手忙脚乱之后，他的内心彻底崩溃了，只能向黑暗之神祈求帮助，而且他的祈祷居然灵验了。

黑暗之神派来了一位解锁膝盖的使者，他从一个散发着爱意的光点，演变成一个神秘的轮廓，接着是荣耀的身躯，最后一位胖乎乎的医学生站在我的面前。他背过身骑上我的膝盖，就像要关上一个鼓起来的行李箱，又是一声上帝吞咽般的巨响之后，我的骨头复位了。会场上响起没完没了的仙乐般的掌声，像是在庆祝世界的诞生。这位创世英雄握住我的手，我在经历了当众躺平，卡住膝盖，解锁膝盖之后，终于在他的点化之下，又可以直立行走了。

我在寂静的走廊里独自坐下。那位使用公共电话的先生还在那儿讲电话，似乎什么都没发生过。我支起耳朵偷听到他神奇的言语，不管有没有意义，我把这些话记在这儿。他说，"你的狗，你的狗，你的狗，你这个白痴，居然把狗留给我照看。"

写作就是这样，刚才还在写一件事，一转眼就变成了另一件事——医学的，文学的，鬼怪的，随便什么事情——在下一页登场的将是小说家达西·米勒。在他的著作中，有一部叫做《错误的人》，它曾在一九八二年被拍成电影，达西自己担任编剧。他的笔名是 D. 黑尔·米勒。顺便说一句，我知道，在半自传体的小说里——或者说貌似

105

虚构的回忆录里——大家都习惯把真实姓名隐藏起来，但我没有这么做。是不是因为想到林克，我的那位重病的朋友，而使我联想到了达西呢？这两人特别相似，都在六十多岁时独居，与世无争，自给自足，过着丧偶鳏夫一般的生活。而后，这种自给自足的状态开始消失——对林克而言，是渐渐消失；对达西而言，消失的速度要快得多。

　　二〇〇〇年，我在得克萨斯州的奥斯汀认识了达西，当时他住在一个废弃牧场的老房子里。实际情况不像听起来那么糟糕。达西受到得州大学的邀请，访问四个月，牧场和房子都是学校的，除此之外达西还领薪水，虽然薪水很可能并不多，但他至少居有定所，经济上也过得去。那学期，我碰巧也在同一所学校教授一门写作课程，早春的一天，应达西的邀请，我带着十几个研究生乘三辆车去他的老房子里授课。我们从奥斯汀一路向西开，先是开上了农村的公路，接下去就完全是乡间小路了。我们走了一英里土路，借道穿过两个牧场，沿途遇到一连串宽阔的大门，我们得下车打开门锁才能通过（我手上有张纸，上面写着开门的密码），通过后还得回身锁上大门。从车上的里程表看，我们一共只开了三十多英里，从地图上看，我们从奥斯汀出发后几乎是笔直向西。但是这段短短的旅程，让我们离开了得克萨斯州东南部的繁华地带，进入了西南部灌木丛生的半沙漠地区，一位老牛仔曾经告诉我，在这个牧草荒芜的地区，需要十英亩草地才能勉强养活一头牛。汽

106

车涉过浅滩溅起水花，近处小溪潺潺，不远处就能看到达西的房子，房子的后面有马厩。再往前，汽车穿过溪畔的棉白杨和枝繁叶茂的沙漠柳树，这些树木为防风而种植，如今都长成了参天大树。我们的车子围着达西的车打了个转，他的车是一辆伪奢华的克莱斯勒，停的地方离房子还有一段距离，与房子隔溪相望，仿佛他一路开来，快要到达目的地的时候，却忽然放弃了。

　　达西本人看上去也有点这副腔调，一头乱蓬蓬的红发，五官微微肿胀，看起来像是一个刚从睡梦中被唤醒的孩子。冰蓝色的眼睛闪闪发亮，充满血丝，脸颊和鼻梁上布满了突出的毛细血管，我们过去称之为"金酒花"。我们聚在房子后面的院子里，院子是用碎石板铺就的地面——屋内的面积有点小，容不下这么多人。达西把两个大水壶里的冰茶倒在旧罐头瓶里给我们喝，他自己也喝冰茶，他一边倒茶一边给我们讲述当年他的第一部小说是如何在出版的十几年后，一步一步地，更准确地说，是一波三折地成为了一部成功的电影。首先，制片人把主人公的年龄增加了好多，并选定约翰·韦恩担任主演。可是几周后，约翰·韦恩死了，他们只好把主人公的年龄又改了回去，重新挑选了雷普·汤恩担纲。我们全班人围坐在柳树荫下粗糙的木桌旁，听达西继续讲，不久雷普·汤恩被逮捕了，这不是他第一次被抓，也不是最后一次。接下来一个叫科特·威尔森的演员找上门来，他对这个角色来说简直完美，这位男演员无与伦比的才华可以确保这部电影的成功，他也因此要了一个无与伦比的高价，结果没谈拢，后来他就没信儿了。克林特·伊斯特伍德很喜欢这个本子，来来回回谈了两年还是没谈下来。在一个阴差阳错的机会里，完全是偶然，制片人给保罗·纽曼开了个价，他欣然接受了。就这样，这部电影经过拍摄、剪辑、放映，每个人都各得其所。

从那以后，D. 黑尔·米勒不再有什么作为，至少在我的这些学生眼里是这样，乏善可陈，但在三十多年里他以作家为职业生存下来了，偶尔还过得不错——留下了一批没投入拍摄的剧本，没被杂志采用的文章，他在《错误的人》之后还有两本新的小说。这三本书现在都停印了。

在我们来访的过程中，达西一直情绪很好，谈笑自如。他提及自己的作品时，侃侃而谈，他称这些二十来岁的男女学生为"你们这些孩子"。他穿着宽松的威格牌牛仔裤，一件浅色格子短袖衬衫和一双夹脚拖鞋，拖鞋上黄色的带子束在一双丑陋得不可思议的脚上——这双脚凸起多节，青筋暴露，加上如鹰爪般的脚趾。我本不该盯着这双脚看，可是我们到这儿后不久，我便发觉自己并不喜欢这些学生的态度，我后悔带他们来这里。所以，我把自己的注意力集中在达西的脚这个无关痛痒的细节上，以便冲淡周遭的其他事物，得克萨斯的辽阔和空旷，远处牛群诚挚而苍凉的哞声，天空中无声盘旋的秃鹰，所有这一切，尤其是坐在桌边的这一群年轻的作家，他们看起来听得聚精会神，津津有味，但实际上完全不以为然。他们看得见达西的与世隔绝，却看不到他被摧毁的尊严。生活的巨浪已经把奄奄一息的他拍打到异乡的沙滩上，而他一边喝着冰茶，一边一本正经地指点着他们试图完成的作品，与此同时，他慢慢移动自己的左肘，想驱走总是飞落在肘上的一只苍蝇。我不记得这一天是如何结束的，也不记得开车回奥斯汀的旅程。但我记得那天晚上，或者是那天之后不久的一个晚上，我在一家音像店找《错误的人》的录像带，店里的目录上有这个名字，但在货架上却找不到这部片子。

那是我和达西·米勒的第一次会面，第二次见到他是在五六个星期以后，当时我正在上班，出乎意料地接到一个消息：作家杰拉德·赛兹莫尔刚给我打过电话，这位作家在作品上的名字是G.H.赛兹莫尔，熟人们叫他杰里。我一收到消息就马上给他打回去，他在问好之后直截了当地说："我需要你去看看达西·米勒，我很担心他。"

我从未见过杰拉德·赛兹莫尔，在这之前甚至从未和他有过联系，但我丝毫不讶异于他知道我，也不吃惊于他认为有事可以找我帮忙，因为几年前，我为他的第一部小说《我不知所措的原因》的二十周年纪念再版写过一篇前言。这部小说初版于一九七二年，我在二十周年再版的前言中称赞这是一部美国经典文学作品。和达西·米勒一样，赛兹莫尔出版过三部作品，但他的主要身份是编剧，而且相当成功。他写了大量剧本，这次他告诉我，其中一个七十年代初期的剧本是和达西·米勒合著的，那是一部浪漫喜剧，由彼得·方达和谢莉·杜瓦尔主演，这部片子全部拍摄完毕，但没有最终完成——工会罢工影响了后期制作，制作公司换了股东，新股东申请了破产保护，在这期间，还发生了摄影师和导演的太太私奔去了墨西哥等其他琐碎的事情，总之最后电影没有发行。我对杰拉德·赛兹莫尔和达西·米勒的这段渊源完全一无所知。赛兹莫尔让我叫他杰里，他告诉我他和达西·米勒从二十多岁就开始合作，原来《我不知所措的原因》中的情节反映的就是这两位年轻作家在六十年代初的旧金山共同起步时建立的友谊。后来，到了七十年代，在经历了奋斗期后，两位作家共享了成功的喜悦——出书，拍片，挣钱。在那个年代，作家还相当重要，和运动员一样，即使在一个毫无经验但被寄予希望的作家身上都围绕着某种光环。拿我来说，当时我只有十八九岁，顶多二十岁，就上了芝加哥和得梅因的报纸，说我将来会成为作家——我还不是作家，只是将来要当作家，但这种期待就足够让我受邀到中西部的名媛俱乐部去朗读几十页我写过的东西，回答俱乐部会员们的各种问题，在这些中西部风韵尚存的半老徐娘中，有两三个我本可以勾引一番（虽然我缺乏吸引力，还长着粉刺），因为在一九七二年，被一名未来的文学之星引诱再目睹着他冉冉升起是种冒险活动。而达西和杰里作为功成名就的当代文学名人，正享受着他们一生中最辉煌的日子，他们与正当妙龄的女人们寻欢作乐，大多数时间是在达西的大房子里，房子位于加州的洪堡，紧挨着大西洋。他们快活的时候，我正在医学院里被当作众目睽睽下的展示品——我前面讲过这个故事了——也许因为如此，过去学校里的记忆再次重现，以及更近一点的，照顾我的好友林克的经历。这两种记忆叠加起来，让我想起了达西……但是我们已经说过了这些记忆之间的联系，就不再啰嗦了。我接着讲。杰里很担心他的老朋友，"我不知道他现在怎么过的，"他说，"是在牧场，农场，还是……"

"在一个叫坎培西诺的片区。"

"那是个什么地方？"

"在得克萨斯，一个牧场得有几千英亩，一两百英亩的只是一个片区。"

"达西不接电话，他的留言机已经录满了，对着你的耳朵发出没完没了的尖叫声，然后就挂断了。我觉得这意味着留言机已经录满。已经一个多星期了，我一直联系不上他，写作中心的那位女士……什么太太来着？"

"埃克斯罗伊太太。"

"埃克斯罗伊太太，这名字真有意思。她说你两个月前见过他，他看起来还好吗？"

"我觉得他看起来还行，那什么，他多大岁数？"

"他六十七岁。问题是，这之前，他连着几天给我打电

111

话，抱怨他弟弟，然后就不接我电话了。他说他弟弟和弟媳上个月到他那儿去住，赶都赶不走。他们把他的厨房搞得乱七八糟，喝了他的酒，妨碍他的生活。"

"如果他有亲戚在这儿，也许不用太担心。"

"不，我非常担心。"

"但是如果他弟弟在那儿……"

"他弟弟死了十年了。"

如果是在很久以前，这个时候我会抽出一支烟叼在嘴里，点上火深吸一口，来掩饰自己的惊讶。但是我已经戒烟了。

"他们俩都去世了。弟媳是在弟弟之后死的。"

"啊哈。"

"她是九五年死的。两个人的葬礼我都参加过。"

我又说了一次啊哈。

"所以达西·米勒是和两个鬼魂在一起，"杰里说，"如果他说的是真话。"

我向他保证我会去达西·米勒那儿看看。

我俩道别之后，我没放下话筒就立刻拨通了达西·米勒的号码。几声铃音之后，是一阵长长的嗡鸣声，接着就断线了。我这才把手里的话筒放回到书桌的座机上。我正在写作中心的办公室里，从窗口一侧看下去，能看到基顿大街上的四条行车道，从左侧的走廊看下去，是巨大的木质会议桌，那是我们举办讲座的地方。会议室地方不大，四周的书架上摆满了书籍，这里以前是得克萨斯州作家本杰明·富兰克林·布鲁尔的书房，至今还保留着那张古老的灰绿色的——春天的绿色——皮质躺椅，曾经布鲁尔就坐在这张躺椅里阅读，记笔记，最后在这张椅子里伸直身体，与世长辞。这座楼以前是布鲁尔的私宅。这会儿是星期五下午四点左右，整栋楼的二层只有我一个人，这一层有三间办公室，一间卫生间（带浴缸），再加上会议室。有时候，当我像现在这样独处，陷入阴郁的情绪中时，我坐在躺椅上，启动它古老的机关，向后躺倒，想象着布鲁尔最后的呼吸。在这种环境的笼罩之下，我觉得自己最好还是马上出门，去看看达西·米勒。

我从楼下写作中心的行政助理那儿得到了大门锁的密码，助理就是埃克斯罗伊太太，她是一位丧偶的中西部老太太，胖胖的身材，和蔼可亲，做事勤快。她有时站在楼后面的走廊里，点上一支香烟，眺望着远处的小乌鸦和大楼后面的溪水，仿佛溪流带走了她的思绪。她总让我想到"甜蜜的忧伤"这个词。

我在四点多的时候上路，立刻被裹挟进了车流的旋涡中，如果有这种说法的话。我开到土路的时候，早已过了五点钟。看来我能在天亮时赶到达西家，但是不知道能不能在天黑前离开。为了省去回来时开锁的麻烦，我把打开的锁挂在大门上，这严重破坏了牛仔间的礼仪，但是我相信没人会注意到，因为极目远眺，地平线间只有我一个人，没有同行者分散我的注意力，也看不到一栋房子。环顾四周，除了大门和平整的铁丝围墙外，这里空无一物，没人在意这里发生过什么，甚至没人知道这个地方的存在。沿途只看到几头长角牛，也许是公牛，也许是母牛，我分不清是什么，只有寥寥几头，每一头都茕茕孑立，脑袋上顶着一对巨大的犄角，我读过的关于这种动物的每一篇文章都说它们的犄角"足足有七英尺"，这几乎成了陈词滥调。长角牛在美洲的出现可以追溯到哥伦布第二次探索新大陆时带来的牲畜，当然，更远一点也可以回溯到美洲的旧大陆时期，大约一万多年前，有八十来头零零散散分布在中东地区的欧洲野牛，它们是今天所有被人类驯养的牛的祖先。一九一七年，得克萨斯大学将一头长角牛定为自己的吉祥物，取名为"比沃"。据我所知，这两个音节并没有什么特殊意义，或许是源于"牛肉"这个词。二〇〇四年，比沃的后代——比沃十四世——前往首都华盛顿参加了乔治·W. 布什总统的就职典礼。

　　到了第四扇大门，也就是最后一扇大门时，我跪在门锁前，斯巴鲁车停在我身后。顺着笔直的道路望去，我能认出围绕在达西房子周围的沙漠柳树和棉白杨。现在我能看到将要去的地方，还有我和目的地之间大约半英里左右的空地，我对自己刚才走过的距离产生了一种强烈而清晰的认知，仿佛自己不是一路开着车，而是徒步跋涉了二十多英里走到这里。几分钟后，当溪流进入我的视野时，我看到一群秃鹫，那是一种身形巨大，头顶红色的食腐猛禽，在这一带我们叫它火鸡秃鹰，大约有八九十只，我数不过来，它们在房顶的上空中呈螺旋状盘绕飞行。我把车停下来，看着这一切。说实话，我不敢再往前走——房子的主人连日来杳无音讯，任凭谁都会觉得，此刻在天上盘旋的这些家伙是死亡的凶兆，因为这些猛禽循着气味而来，在它们赖以飞行的暖气流中仔细辨认着任何一点乙硫醇的味道。乙硫醇是肉体腐烂时散发出的一系列化合物中的第一种气体，我们大多数人都可以识别出它的味道，我还听说，它也是添加在天然气中的一种成分，使得天然气散发出难闻的味道。这些秃鹫在房子上空盘旋时，看起来像是书页燃烧后的灰烬一般，轻飘飘地向下缓缓滑行，但在某一刻，它们却突然向上滑翔，而你根本看不出这些秃鹫的身体姿势有任何变化，它们一直向上，直到完全离开天空下的画面。而画面中的每一部分——达西的车，房子，一排六间的马厩，马厩里用石灰水粉刷过的墙壁和黑色沥青瓦铺就的房顶——整个画面看起来没有什么不同寻常之处，但一切都静止不动。忽然间，我感觉眼前的景象缩小到了一张桌面的大小，在东面，离房子几百米远的地方，秃鹫的影子在地面上茂密矮小的灌木丛间跃动，像一辆学步车的影子映射在婴儿房里。我踩下车的油门，继续向前开，我自己也在变小，进入到这个模型和玩具的世界里。

　　我砰砰地敲着房门。天上的秃鹫毫无反应，继续在我

头顶二三十英尺处转圈。房子里没有动静，我从客厅窗户
向里窥视，没看到人，又敲了几下门，还是没有回应。我
正要伸手去拧门把手，门开了，达西·米勒站在了我面前。
如果我没记错的话，他穿着一件有条纹的实验室白大褂，
打着赤脚，但实际上我很难说自己记得什么，因为他的白
大褂敞开着，里面什么都没穿，我不知道该往哪儿看。我
只好哪儿都不看。

达西并没有对我表示欢迎，只是上下打量着我，我只
得重新自我介绍，然后问他是否一切都好。他回答说，"我
好得很。"

"杰里·赛兹莫尔让我过来看看，因为他用电话联系不
上你。你一个人在这儿做什么？"

"散杜德令。"

"散杜德令？"

他转过身去，坐在沙发上，不再向我解释刚才那个术
语的意思——而且，恐怕他的大褂一直没系上——我在他
身边坐下。刚刚闯入达西私人生活空间的我，感觉有必要
在这里停顿一下，描写一下他的面部——布满血丝的冰蓝
色双眼，鼻子和双颊上的网状血管像被葡萄汁浸泡过一样，
皮质粗糙的脚，纤细的短发，以前可能是红色，现在显得
半透明，但是，我说过，我窘得不知该望向哪里，能补充
的只有达西的一身酒气，还有他呼吸时鼻腔中传来的微弱
哨声，就像我小时候听到大人们呼吸时，从他们多毛的、

巨穴似的鼻孔里传出来的那种声音。这一刻，整座房子里唯一的声音就是达西鼻孔里的哨声……他问我："我给你倒点茶，你要喝吗？"

"首先，"我说，"咱们先谈谈你是怎么回事，杰里很担心你，我也很担心……"

"你们为什么这么担心？"

我一时不知说什么好："这个……比如说，你的衣服敞着怀，你的那玩意儿……露在外面。"

他把大褂上的金属扣子摁上，有一两个扣子他费了点劲才搞定。"没准我是在等个年轻的小妞呢。"

（现在我注意到他手背上有淡淡的斑点，上面的绒毛颜色很浅，嘴唇是灰黑色的，好像他很冷似的。）

"杰里觉得你有点不对劲。"

"什么不对劲了？"

"你的脑子。"

"那谁的脑子对劲？我们来喝一杯。"

达西领着我穿过一条小走廊，走廊的左边是铺着亚麻地板的厨房，右边正对着的是一间"备用房"的房门，主卧和卫生间在过道的尽头。我们坐在厨房里的一张摇摇晃晃的富美家台面餐桌旁，达西大概察觉到我在观察他的生活能力，开始变得讲究起来，他把桌子清理干净，冲了一壶立顿茶。我直奔主题，问起那些来访的人——那些鬼魂——他回答说："不，他们不是鬼。是他们本人。他们是活人。"

"但是他们早就死了，也下葬了。"

"是的。"

"但是达西，你不觉得这……这很疯狂吗？"

"当然！这是最疯狂的事。昨天我看见奥维德在马厩那儿走。"达西说。我越听越糊涂，后来意识到奥维德一定是他弟弟。"我们就坐在那个棉白杨的树墩上，并排坐着，聊着天。"

"我能问问你们聊什么吗？"

"没什么特别的，就是东拉西扯。"

"你有没有问过奥维德他为什么出现？你有没有提醒他，他应该已经死了？"

"不！如果我现在对你这么说，你会怎么想——嘿，哥们儿，你应该是个死人！"

"我不知道。"

"我也不知道。"

"达西，你最近一次体检是什么时候？"

"哦，什么鬼，体检？"

"你在奥斯汀有自己的医生吗？"

"没有，但是我在旧金山有个护士。"

"有个护士？这是什么意思？你有个护士？"

"应该说是女朋友吧。但她的确在加州太平洋医学中心当护士。她是印第安人，祖先是波莫印第安土著。"

"你们两个聊电话吗?"

"当然,她对天外的电波和信号这类事情很精通,或者别的什么她自诩的说法——精神,灵魂或者地球母亲之歌。"

"哦,这么说,你都告诉她了——关于你死去的弟弟和弟媳来访的事?"

"对。"

"她说什么?"

"她说这意味着我快死了。"

我能看出这是一种可能性,但不是因为疾病而死,而是作为 D. 黑尔·米勒,他的生命不可避免地走到了尽头,这很像我在年轻时看到的自我命运,那时的我像个罪犯一样愚蠢:一个穷途末路的作家,他的作品,电影,绯闻,离婚都已成为往事,他再也拿不出什么新东西来,在酒精和沉沦中度过最后几年。当然,在我年轻的时候这一切都带有浪漫色彩,因为它只是一幅画面而已,它没有气味,没有小便和呕吐物的臭味。如果我一直像当时那样继续下去,会很快到达终点,让我猜的话,也许二十多岁就了结一生,碌碌无为。

"你的车好像没动过。"

"车开起来没问题,但是我不喜欢开车。"

"你怎么买东西?"

"他们会带过来,贝丝和奥维德,需要什么他们都会带过来。"

我们把茶喝了，茶还不错，达西有一双红肿的手，皮肤上满是皱褶，我打量着他的手指，它们看起来像是八条舞蹈演员的腿，穿着拖沓的肉色紧身裤，在他面前的桌面上时而行进，时而踢腿，把瓷杯和盘子推来推去，时而又跳到一顶得州大学棒球帽上拨弄个不停，帽子维护得很干净，橙白相间，我从没见过他把这顶帽子戴在头上。我能清清楚楚地感受到，自己正陷入深深的绝望中。如果我闭上眼，一定会感觉到一只巨大的野兽正把我连同椅子一起往下拖，穿过地面，拖入地下几公里的深处。如果此刻我还能控制自己的意识和知觉，我会发现下午正变为黄昏，我会去找灯的开关，但我当时并没有这些意识。我们俩一同坐在越来越阴暗的房间里。

"达西，那些来访的人，贝丝和奥维德，他们现在在哪儿？"

他的一根手指摇晃着从桌面上抬起来，接着整只手一起跟着抬起，指向走廊对面。他说："你看。"我看过去，心里一阵恐惧，生怕我的目光会遇到两个鬼魂，但是他接着又说，"就在那个房间里。"他指的是那间备用房。

我站起来，走到走廊上，我无法强作镇定，脑子里一片空白，只剩下无意识的知觉。我嘴里有股金属般苦涩的味道，浑身虚弱，特别是腿，太阳穴和眼球后面都发出嗡鸣声。我的手握在备用房的老款吐舌式把手上，但是好几秒过去了，我的手指仍不听使唤。我记得几年前我第一次到得州大学时来看过这间备用房，那时达西还没来这里。这间房位于整座房子的正中央，最早可能是用来做储藏室，我不太清楚，它没有窗户，像是用白石灰刷过的木板搭起来的一个十二英尺见方的大盒子，由于年久失修，木板之间的空隙扩展成手指粗细的裂缝，这些裂缝已经用泡沫填充剂堵上，泡沫凝结后变得很恶心，像鼻涕一样向下流淌，堆积成石灰石岩洞一样的形状。虽然丑得令人不忍直视，但是有效地阻止了蝎子的爬进爬出。埃克斯罗伊太太领我参观这座房子的时候，告诉我这里有蝎子，但这些隔离泡沫可以把它们拒之门外——或者说，把蝎子囚禁在墙外的黑暗中——但这些蝎子已经越过这些裂缝，进入我敏感的头脑中。它们带有毒囊的尖刺在节肢状的身体尾部挥舞着，在令人作呕的须肢末端，钳子像一副响板一样噼啪作响。此刻我确信无疑，达西在这座房子里遇到了真实可怕的事情，而我先前出现过的奇怪的缩小感也得到了解释（虽然还是很不可思议），是因为我连续穿过了一系列不断缩小的参照物，我像做梦一样闯入它们的领地，丝毫没有意识到它们的重要性——开车经过的四扇大门，接着是小溪，再接下来是成群排列的秃鹫，它们此刻正在房顶盘旋，最后走到房子的边缘——走向等在门后的贝丝和奥维德，这一对正在门口等着我。

我按下门把手，把门推开，黄昏的阳光穿过走廊，洒

121

在房间里，里面有一张金属单人床架，上面摆着一张没有遮盖物的肮脏的灰色床垫——这是房间里仅有的两件东西。以它们为中心，几个半径二十英里的光圈悬浮在它们周围，令整个场景在不知不觉中被扭曲。墙上撒着点点细碎的光斑，足以显示这里平静外表下的暗潮汹涌。一团模糊的东西让一切都改变了本来的面目，像蝎子外壳一样带着沙地般的苍白，闪耀着黏土的色泽，在我眼中，仿佛有几吨重的蝎子在对面墙上被碾碎，肉体从碎裂的外壳中挤出。我像个受了惊吓的孩子，赶快关上了门。

得说清楚，我没有看到蝎子，人，或者鬼。

我回到厨房里，见到达西。我的耐心已经被恐惧消耗殆尽，一下子重重地坐在椅子上。"你简直是胡说八道。"

"也许他们正好出去走走。"

"他们从哪儿来的，阴间吗？"

"从俄克拉荷马州来。"

"他们怎么来的，达西，他们的车呢？"

"我不知道，也许在马厩里吧。"

"可以告诉你，我从窗户这儿能看见马厩是空的。"

"也许他们开车出去了。"

"你最后一次看见他们是什么时候？"

"不清楚，大概一小时之前吧。"

我觉得，我忽然转变态度，让达西清醒了一点。他马上变得很合作，盯着我的脸，点了点头，同意我下周一给医生打电话，帮他尽快安排一次检查。他不但生活在幻觉中，更令人不安的是，他对发生的一切毫不在意地接受。看起来，这种异乎寻常的平静是他最严重的症状——当然，还得加上他敞着裤子——但是，这些症状说明了什么？

临走前，我在房子里巡视了一圈，把所有的灯都打开，再把备用房间的门关上，里面一团漆黑。当然，我先征得了达西的同意才这么做，房间里的明亮灯光让他看起来振奋了一点。我们握手道别时，他抓着我的手，像握紧一根鞭子似的捏了一下。

我开车穿过牧场上一个又一个的大门，太阳在我左边缓缓落下。路上我看到一幅残酷的情景：几只红头秃鹫落在地上，围着一副动物的残骸，那具尸体太小了，几乎无法看清。

当我看到这些大鸟在空中以平衡的姿态自由滑翔时，它们展开的双翼有足足六英尺长，可以毫不费力地托举着五磅重的身体，一切像是脱离了物质世界的束缚，本来属于地面的生命忘却了自己的存在，跟着身体一起遨游长空。但是，当这些猛禽和我们一样站在地面，分食一具尸体的时候，它们像大猩猩张开长臂一样扑扇着自己的翅膀，在尸体周围跳动，撕扯上面的肉，它们裸露的红头看起来又蠢又小，甚至有点淫秽——这些不让人觉得悲哀吗？我离开达西家的时候，房子上空盘旋的秃鹫已经不见了，一切无从解释。我在达西家只坐了一个小时就离开了，又过了一个小时，夜色降临时，我正在开往奥斯汀的高速公路上，黄昏把整个城市笼罩在紫色中，光影在空中飘浮，似乎人人都很快乐。

那年是二〇〇〇年，我们的小家庭——爸爸和妈妈，儿子和女儿，猫和狗——一起在奥斯汀舒舒服服过冬。现在，其他家庭成员已经飞回北方爱达荷州的家里，留我一人应付学校的期末考试周，每天晚上一人吃了全家饱。经过一下午在达西家的困惑经历，我开车回到写作中心，把车停在那里，在南方闷热的夜晚徒步走到大学的本科生图书馆，那儿是一片干燥的绿洲。在三楼一间小凹室的书桌旁，我翻开一本陈旧的蓝色封套的《我不知所措的原因》，这本书讲述的是两个在旧金山的爵士音乐家，盖比·史密斯和丹尼·奥斯伍德，他们住在离录音棚很远的地方，深陷于悲伤而荣耀的艺术里。

我首先翻到书后半部分的一个章节，这章有五页，讲述了奥斯伍德和他的女朋友莫琳之间的一场争论，这场争论是我生平首次认真研究过的对话，我研究了它的起伏，转折，还有争论者的策略。经过这么多年，我依然记得这段对话和其中的角色，但它们听起来依然非常新鲜。

我回头从这本小说的第一章读起，到午夜时分，我已经把整本小说又读了一遍，仍像第一次读时那般感动。这本书我读过十几遍，每一次都被感动。《我不知所措的原因》并不仅仅是文字上的范本，令我艳羡不已的是，这本书最终写出了奥斯伍德和史密斯两人之间的友情。他俩在旧金山的普莱斯迪奥军营相遇，当时两人都在第六军乐团服役，一个是列兵，一个是下士。两人常常擅离职守，结伴到坦德罗恩的"黑鹰"和菲尔莫尔区的"波普城"这种爵士酒吧去消磨时光（这两个酒吧都是真实存在的），后来他们的生活逐渐演变成充满光环，丑恶和各种各样的爱的生活——落空的爱，疯狂的爱，志得意满的爱——最重要的，是这两个朋友对彼此的爱。

得州大学为达西提供了医疗保险，在埃克斯罗伊太太一步一步的指点迷津下，我历经迷宫般百转千回的折腾，穿过死角，碰到死胡同，经过一次次的词不达意和口是心非，终于为达西约到了周五在南奥斯汀医学中心看医生的机会，距离我上次去看他刚好过了一周。与此同时，杰里·赛兹莫尔也计划要来这里长住一段时间。我之前那种夸张的情绪，包括有点病态的恐惧和无助的自怜，现在消失了，取而代之的是莫名其妙的兴奋感。说实话，我幻想有没有可能在这一切结束之后，我们三个会成为朋友——也许我能加入他们——我知道这听起来很傻——世界上是不是只有我一个人在成年后依然非常渴望和其他人交朋友？

在书里，盖比和丹尼两人互相称对方"G"和"D"，我注意到杰里和达西也有这个习惯。我是在打电话时注意到的，在那一周里，我和达西通过一次电话，和杰里通过数次电话，因为他每晚都给我打电话，重复告诉我同一个好消息：今天联系上达西了，他很愿意聊天，并且很期待见到自己的新医生。

到了看医生的那天早上，我给达西打了三个电话都没有人接。每次我都会留言提醒他看医生的事，并且保证我会在十点钟赶到。每一次，电话那端传来的嗡鸣声越来越长，挂断电话时，我心里不祥的预感越来越强烈。

在前往牧场的路上，我的车开得有点太快了。一路上飞扬的尘土尾随车后，当我停下车开门锁门的时候，尘土甚至翻滚到车的前方。我在坎培西诺的上空没有看到秃鹫，唯有云朵堆积成的各种形态，让早晨的天空看起来像一张舒适的大床。当车子缓行越过小溪时，我注意到达西的克莱斯勒车正停在平时的位置，和房子之间的距离显得稍远了一点。酒红色的车厢和敞篷上沾着的棉白杨上落下的白色绒絮。

我一边敲门，一边转动门把手。门没锁，我直接把门打开。尽管我觉得自己听到屋里传来一声微弱的呼喊，但整个房子还是静悄悄的。

"达西，"我叫道，"达西，你在吗？"

"在。"声音从房子后面传来。

我循着声音找去，穿过走廊，经过厨房门口，走向房子后面的卧室，这里算是主卧——整栋房子里唯一真正称得上的是卧室的房间，达西·米勒就躺在卧室门往里一点的木地板上，仰面朝天，头伸到了走廊里，两只水汪汪的蓝眼睛直愣愣地瞪着，从上往下看，我能看出他眼中的怨恨。在他头部周围的地板上，凝固的血迹像太阳的光环，血已经不再流了。我跪在他身边，除了咒骂一句之外什么也说不出，所以就骂了他一句，达西说："你说得对。"

很快我便尽自己所能检查了达西的状况，我试着找他的脉搏，但没有找到——好在他的胸膛一起一伏，此外我也能听到他喉咙里发出的呼吸声——他正确地回答了今天的日期，他的名字，我让他两手使劲攥紧我的双手，他做到了，而且左手和右手的力量差不多，我放下他，走到客厅里拨通了911。就在我非常仔细地告诉接线员每扇大门密码的同时，我注意到客厅里的灯，天花板上的灯，还有走廊里的灯——房子里所有的灯——都大开着，就像我七天前离开时一样。

对于回到达西身边，我能感觉到自己有一丝不情愿，我为此感到羞愧。达西还躺在地板上，神志清醒，瞪着眼看着上面。他穿着一条灰色的运动裤，一只脚上套着拖鞋，另一只脚光着，上身没穿衣服，不过他把白大褂和床单拉了下来，遮住了身体的一部分。我想起在《我不知所措的原因》中，盖比·史密斯和丹尼·奥斯伍德之间的一段对话——现在，达西仰面躺在地板上，眼睛来回转动，他盯着天花板看，似乎那里有一道数学题目，达西变成了真实的奥斯伍德的原型——这段对话是：

盖比："这个老家伙多大年纪了？"

丹尼："就快死了吧。"

我从厨房回到走廊，手里拿着浴巾、洗碗布和一个平底锅，锅里的自来水不断往外溅，我嘴里一直骂骂咧咧，因为自己没法真正帮助躺在地上的达西。我的心在痛，很可能还在流眼泪，幸而半小时后我终于确信了达西不会死，我在客厅窗前和走廊之间来回跑着，向达西实时报告救护车正越过草原向我们驶来，这场面多少有点滑稽，救护车的红白蓝三色车灯转动闪耀着，汽笛声响起，又消失在空旷的清晨里，它颠簸着越过小溪（水花迸溅在我的斯巴鲁上），终于停了下来，一群训练有素的医护人员冲出救护车，冲进房子里——实际上只有四个人，但是他们携带的仪器加上随之而来的气氛：急救措施，通讯联系，移动病床、心脏起搏器、呼吸泵、血压仪，把电极插到病人身上，清理病人呼吸道，寻找病人身上能用的血管，再加上拿着对讲机的人在高声讲话，以及插点滴针管和设置氧气面罩的医师之间的低声交谈，一切都在升腾跌宕的哭喊声和耳语声中完成。氧气面罩像审判日一样降落在达西没有血色的嘴上。第四个医师一言不发，这是个身材矮小的秃头男人，他什么都没干，只是不停地跑这跑那，东张西望——在这一片忙乱中，人数看起来成倍增加了。我用达西的电话给杰里·赛兹莫尔打了电话，等我把情况传达给他时，救护车已经再次越过小溪，向牧场大路奔去，水花被车轮

128

带起，剩我一人陷入沉默，像是刚被扇了一记耳光。

我用了四十五分钟赶到医院——找停车位又差不多花了这么多时间——急诊室的大门在我面前打开，伴随着一阵呻吟，然后是一声叹息，最后是重重的撞击声，我走进候诊室。此刻我只关心达西——我很怕和他分开，如果没人帮他说话，他很有可能被扔在楼道的一边傻等，甚至是一间储藏室，或者卸车区域；当时我急着找到达西，无暇把当时的状况和其他经历作比较——但是眼下，当我穿着睡衣，喝着咖啡回忆当时的情景时，我能看到自己从进入帕克兰社区医院急诊室大门的那一刻起，人生便进入了新的阶段，对这个新阶段，我可以一直期待下去，直到所有期待灭亡，在这个新阶段里，我越来越频繁地去急诊室和诊所，到如今已成为家常便饭：送我母亲去，我父亲，后来是我的朋友乔，当然再后来是我的朋友林克——最后是我自己——去做化验，填表格，回答问题，体检，被送入机器中检查。我走进医院时，达西已经被接手，开始这一整套流程，也许还要多。我以为自己得在大厅里等着，跟那些受伤或生病的患者还有他们的亲属们在一起，对付那些看不懂的表格，或者呆呆地看着自己的手，他们没有被生活打败，但是不得不接受自己的人生之幕只能在这些无聊的手续中徐徐落下……但事实不是这样，在伤痛中心，达西每次等待下一项检查时，医护人员都让我和达西一起候在帘子后面，这是一片宽敞的区域，用可移动的白色屏

129

障把我俩和周围呻吟哭泣的人们，还有那些想要安慰病人、却手足无措的人们分隔开。但是很显然，我能听到他们的动静。

从上午到下午，他们不时用移动病床把达西推走，留我一人在三面是墙的小格子间里，我坐在一张摇摇晃晃的椅子上，它是周遭唯一的家具。其他的只有形形色色的仪器，他们把这些仪器的线从达西身上摘下来，再送他去做别的检查。

达西被推走又被送回来，反复几次之后，有很长一段时间我俩单独待在一起。下午三点到晚上十一点值班的医护人员来上班了，阳光斜照在停车场上，然后外面渐渐昏暗下来。达西想吃点凉的东西，我从杯子里挖冰淇淋喂给他吃，因为他似乎还无法自如地控制自己的手指。这段时间没人来过。达西的脑后有一块地方的头发被剃光了，中间部分贴了一片一英寸见方的白色胶布。每过一会儿——大概每隔三四分钟——他就指着自己的脑袋说："他们在我头上缝了两针。"他说些胡话，不知所云。我记得有一句是"今天天气真好，你的脸上下着雨"。

晚上七点左右，来了一名护士，是个年纪比较大的女人，有着一副既能干又权威、还很善良的样子。她正向达西解释白天所做的检查，达西似乎不为所动，直接打断她问："我的身体出了什么问题？"

"你得住院治疗。星期一肿瘤科大夫会和你谈话，不过

130

现在——也许你请你朋友先走，我们单独谈谈。"

"他可以听听。"

"我们要谈一些很严重的问题，所以我想请——"

"那就赶快说吧，我朋友可以听，出了什么事？我身体怎么了？"

"你的肺癌扩散了，现在脑部也发现了肿瘤，很多肿瘤细胞，米勒先生。"

"肺癌？什么癌？"

"你不知道自己有四期肺癌？"

"现在我知道了，还有脑部肿瘤，这也是癌症吗？"

"是的，肺癌转移了，癌症到了非常晚期的阶段。"

"就是说，要结束了。"

"癌症已经转移了，米勒先生，是的。"

"还有多久？请别糊弄我。"

"这个你可以问医生。周一，肿瘤大夫——"

"护士比医生知道得多。"

她看了看我，又看了看达西，然后像是赞许般地说了实话："一个月。最多几个星期。也许到不了一个月。"

她握着达西的手，默不作声。几分钟后，她一言不发地离开了我们。

达西直勾勾地往上看着。我必须得说，我一直觉得他的性格中有种坚忍的特质，是我远远达不到的。我不知道，在他长着肿瘤的脑子里，此时正在想些什么，他皱着眉对我说："嗯，我应该能猜出来的。是因为安迪·亨吉斯，从头到尾，一直都是因为安迪·亨吉斯。"

"谁是安迪·亨吉斯？"

"我不知道。"

夜已经深了，达西的病床被推进电梯，到了另外一间单人病房，这个过程中他一直睡着。我一直跟到电梯门口。我向他祝福的时候，他依然不省人事。电梯门关了，我再也没有见到达西。第二天下午，杰里·赛兹莫尔到了奥斯汀，他负责照顾达西。那天早上我乘飞机离开奥斯汀，没见到杰里。这么多年后，我依然没有见过杰里·赛兹莫尔本人。

六月十二日，达西去世了，这天离他被送进帕克兰社区医院正好一个月，那位长相亲切、和蔼诚恳、握着达西手的护士说得一点不差。我猜是杰里·赛兹莫尔料理了达西的后事，处置了他的遗物。经过多年漂泊，达西的遗物已所剩无几。整整十五年后，我正在北加州的一座房子里，林克死在了这里，而我留了下来——不仅仅是因为我已经筋疲力尽，还因为我已经习惯了自己的角色，我如同宗教信徒一般，每天把寺庙里的东西搬进搬出，不会因为神的死亡就立刻改变自己——这座房子并没有闹鬼，但它充满了逝去主人的生活痕迹，现在轮到我来整理林克的遗物，包括他收集的石头，砖头，破损的贝壳，工具，书籍，药片和医疗设备，烧火用的木柴，海上漂流的碎木，建房子的木料，桂格燕麦的盒子，成箱的安素膳食补充剂，很久以前的冷冻食品（冰箱里有一包上写着一九九七年，起码过期了十八年），破裂的电器，发生过爆炸的车子，还有些缺页的、没头没尾的或者难以理解的文件，以及一些"零件"——比如螺丝、螺母、螺丝刀、齿轮、皮带、轴承，都是些要报废的东西——还有一些精巧的小东西，被随便扔在了带把手的盒子里，里面保存着我们称为"零碎的东西"，这些东西和它们主人之间的联系已经消失了：一幅老的锡版肖像上有一张雌雄难辨的阴郁呆板的面孔，透明树脂玻璃盒子里装着一颗橡果，一只塑料袋里收藏着奖章和徽章，还有些别的东西——一只雪花水晶球，它的表面已经磨损得看不清里面的内容，但通过它的重量可以判断出里面依然有水浸没着的冬日场景，而那些曾见过水晶球里面场景的人，都已不在人间。

在林克的遗物中我找到一条围巾，这是他准备送给前妻伊丽莎白的礼物，一条折叠起来的黄色丝巾被包在白色的软纸里，收在一个红色的小盒子里，旁边有张卡片上写着两个字：

丽兹 ①

———————————

① 丽兹是伊丽莎白的昵称。

133

当林克的身体和意识都日渐虚弱时，在他凌乱的卧室里，他曾很多次向我坦承，丽兹是他唯一真正爱过的女人，卧室里有一个烧木柴的火炉，显得很危险，因为火炉周围都是摇摇欲坠的成摞出版物，随时可能被烧着。我经常看着他躺在床上，一只手拿着手机，另一只手举着一罐引燃炭火用的液体——他的小窍门是伸出长长的左腿，用脚趾钩住火炉的门，像只猴子一样灵活地把火炉门钩开，再把一股引火的液体喷射到炉火上面，引得火势小小地爆发一下，接着会剧烈地燃烧五分钟（由于血液循环不畅，他四肢冰冷），与此同时他还在手机上和丽兹闲聊着，丽兹住在一百英里外的圣马蒂奥。几十年前她和林克结婚又离婚了。

丽兹是日本移民家庭的女儿，虽然已经六十多岁，但依然是位黑发美人，这些年她的动作变得小心翼翼，走路步伐显得既正式又谨慎，因为她会忘记两秒钟前自己刚去过的地方，或者正要去的地方，老年痴呆症抹去了她的记忆，她忘了自己是谁。但她保持了平和的仪态和愉快的心情，无论是终生的挚友还是初识的客人，她跟每个人都打招呼，拥抱，微笑，嘴里说着："你好呀，陌生人。"

在众多喜欢和支持丽兹的亲友中——事实上，在全世界的所有人中——她唯一能认出的人是林克。对丽兹来说，在这个只存在于当下的世界里，她清清楚楚地记得林克，就好像他们刚刚一起从那张私人定制的超大号水床上起身——我有没有提过，林克的身高有六英尺九英寸，两米多一点？——这两人拥有年轻和美貌，而且富有，因为林克的很多生意都挣了钱。丽兹不认识自己现在的丈夫马尔科姆，马尔科姆是一位退休的美国海军上尉，他每天照顾她的一切生活起居，甚至每晚帮她拨通林克的电话。丽兹和林克每天晚上聊电话，丽兹发誓永远爱他，而在林克的心里，他和丽兹的婚姻从未终止过，他为这些誓言举杯，也回应说会永远爱她，在这个像梦一样的世界里，没有过去和未来，也没有逻辑，这一切多亏了丽兹的老年痴呆症，还有令林克沉醉的迷糊状态，血糖的突然升高，偶尔由胰岛素引起的精神错乱，以及他血流中的毒素（主要是氨）水平起伏引起的周期性幻觉。

　　丽兹几乎从不离开圣马蒂奥的家，不过马尔科姆愿意带她到北边来探望林克。她能听出林克的声音，尽管两人已经很多年没有见面，我们还是希望她能认出林克的样子。林克向我发誓，他要坚持活到与丽兹相见的那天。当然，丽兹对这一切一无所知。由于带丽兹出门需要花很多心思去考虑和计划——也需要很多时间——林克只能坚持着一天天的等待。

　　四月初的一个多星期里，林克的身体终于恶化到无法下床的地步，他六英尺九英寸的身材伸展开，顺着床垫的对角线躺着，他养的公猫弗里德里希趴在他胸上睡着了。热带风暴带来了三场大雨，暴雨从海上一路肆虐而来冲刷着大地。现在第四场雨也降临了，虽不比前面的雨更猛烈，但依然触目惊心，房子后面的峡谷里，百英尺高的红杉树树冠在雨中剧烈摇摆。房子每天都会停几次电，每次停电时，我都坐在火炉旁的椅子上，只好放下手里的书，在雷声的间隙里听听林克和猫的鼾声。

有一次停电是在下午三点，林克把我叫到床边，坚持让我把他送回自己的卧室。我告诉他，我们就在他的卧室里。

"这儿看起来像我的卧室，"他说，"可这不是我的卧室。"

除了光头上的一双眼睛以外，林克看起来和一具尸体没什么分别，但是他的思维还活着。有时候他会神志不清，需要特别当心。

"你的卧室什么样？"

"和这间看起来很像，但是这间房间不对劲。你明白吗？这不是我的卧室。"

他看我还不明白，于是像面对一个不可救药的外国人一样，把每个字重新翻译了一遍："我想要……去……属于我的……那间房间。"

"首先，"我说，"我不知道你想去哪儿。其次，这里除了我之外，没有别人。我一个人怎么可能扶着你走呢？"

像是地心引力在瞬间消失了，他一下子站了起来，朝着卧室的滑动门走了三步。

"林克，林克，你要去哪儿？"

他胳膊一挥，推开了玻璃隔板，外面的门朝屋内敞开着。他站了几秒钟，大雨拍打在他的脸上，紧接着，他走进了暴风雨里。

你可能会问——我从没想过要阻止他。我跟着他走出去，下午的天已是一片昏暗。他摇晃着站在院子里，院子有一个长长的向下的斜坡，大约一百英尺左右，然后斜坡连接着峡谷，峡谷再延伸一英里通向大海，或者说是延伸到一片大海里，陆地和天空全部消失的空间。林克稍微停顿了一下，像是在揣度着什么事情，也许是估量了一下自己身体里的力气，接着，他像一个高跷表演者那样，迈开大步走了出去，穿行在三种巨响中：狂风的呼啸、大海的咆哮，还有闪电后轰隆的雷鸣。我前面说红杉树是在摇摆——其实在暴风雨中，红杉树的动作更像是在耸肩——我觉得它们是在暴雨中接受惩罚，逆来顺受，而柏树似乎已经失去了理智，在空中疯狂地舞动躯体。在忽隐忽现的天地浑沌中，我紧紧跟着林克，他头上戴着一顶秘鲁牧羊帽，穿着睡裤，赤足，裸露的胸膛外裹着一件长长的浴袍，浴袍在狂风中摆动，我觉得他一定会跌跌撞撞地走向峡谷，穿过湿透的荆棘和乱草，迎着雷声，走向大海的怀抱，永不回头。我错了。他很快转身向左，绕着屋角转了个圈，回到了他卧室的后门——这里和他刚才走出去的滑门正好位于房间的对角线两端，距离大约十六英尺。这一圈大约走了三四十步，花了大概不到一分半钟。风势比雨势更猛

137

烈一些——林克的身上被打湿了，倒没有淋透，他褪下睡
袍，躺倒在床上，嘴里谢着我把他带到合适的房间里，马
上变得奄奄一息。

直到生命的最后一两个钟头，林克一直都可以听到我
说话，也能和我交谈。我问他，要不要我用吗啡帮他结束
生命，他说不。他宁愿和身体的痛苦搏斗，他坐在床上，
身体左右扭转，或者把脚踩在地板上，身体向前屈伏摇
摆，或者趴在一只球上，或者躺在床上伸直身体，一会面
向东，一会面向西，每个姿势都坚持不了几秒钟就变得难
以忍受——他在这一个下午里的动作，比过去两个月里做
的都多——而且不要我帮忙。林克的理解是，在九千英里
之外的印度，他的精神导师要求他在每一层轮回中都要自
然活到最后一刻。那天晚上九点钟左右，在一声长长的叹
息之后，他的生命走到了尽头。但是在他死之前，大约七
点钟的时候，他在沉默一小时后忽然对我说："丽兹会来
吗？""她八点钟会到。"我说。"你在干吗？"他问我——"坐
着的湿婆神吗？"——这是他说的最后一句话。他停止了抗
争，在剩下的时间里，一直仰面躺着，发出像水泵一样的
呼吸声，间隔着长时间的停顿，然后在痉挛的鼻息后继续
呼吸，一开始很难听，后来变成一种令人安慰的声音。

大约一小时后，几乎正好八点钟的时候，丽兹到了。
她从林克卧室的后门进来，在她的丈夫马尔科姆的帮扶下，
像个走钢丝的人一样小心翼翼，仔细思忖着向空地迈出的

138

每一步。马尔科姆一直穿过厨房，和我一起留在餐厅，丽兹在床边跪下，伸出双臂抱住林克的胸膛，脸贴在床垫上。

马尔科姆和我一起在乱糟糟的餐桌边坐下，这儿离卧室有点距离，但是从这个角度可以看到他的妻子。虽然我们在房子的另一边，而且外面风雨交加，我们仍旧能听到林克的呼吸仪在运转的声音。在狂风中，整座房子似乎和林克一样，失去了知觉但生命仍在，墙壁和窗台在不停颤抖。马尔科姆长途跋涉，带着丽兹来见林克最后一面，如同先前他不但帮着丽兹给林克打电话，而且还鼓励他们交谈，我乐意去猜想，由于他对真善美有着天然的直觉，当他做这些事的时候，心中会情不自禁地升起某种诗意。他长着一张圆圆的干净的面孔，岁月早就抹去了脸上的悲喜。我们并排坐着，什么都没说，什么也没做。

四十五分钟后，马尔科姆丢下我，走进卧室。丽兹站起来，嘴里说道："晚安，林克，我爱你。"她转身拥抱陪伴了自己二十五年的丈夫说："你好呀，陌生人。"然后两人走出门去。我听到他们的车远去的声音，十分钟后，林克去世了。暴雨一直下到凌晨三点，我坐在火炉边，那只叫弗里德里希的猫刚才被闪电吓得一动不动，这会儿不停地在盒子、袋子和堆积的杂物之间走来走去。没有什么可做的，我不想在深夜麻烦医院或者殡仪馆的工作人员，也没什么别的人可以联系。和达西·米勒一样，林克在临终时也仅有一两个朋友在身边。

在过去的十五年里，我和杰里·赛兹莫尔偶尔联络，但他从未主动提起过达西·米勒的临终时刻，我也没有问过他。但是我知道，杰里·赛兹莫尔曾每天坐在达西的床边，一坐就是一整天，一共坐了三十一天，直至达西停止呼吸。

我是从埃克斯罗伊太太那儿听说的，在过去几年里，我有几次作为客座教授回到奥斯汀授课时会遇到她，我见到她时，她一般是在布鲁尔大楼后面抽一根加长过滤嘴的香烟，烟头的光闪烁着，烟灰弹进沟里。我们谈到的第一件事就是达西去世，她每次都像第一遍告诉我一样，向我描述在最后三十一天里，杰里以诚挚的友情陪伴在他朋友的床边。四五年后，我没能再遇到埃克斯罗伊太太，因为她也死了。哦，就在几周前，在马林县，我的朋友娜恩，罗伯特的遗孀，因病逝世了——你还记得一开始我和娜恩在电话里令人吃惊的对话吧。这些都无关紧要，地球照样转下去。对你来说显而易见的是，我在写这些文字的时候还没死。然而在你读到这些文字的时候，也许我已经死了。

幽灵，恶鬼

昨天，二〇一六年一月八日，是"猫王"埃尔维斯·普雷斯利的八十一岁诞辰。就在两天前，我听说诗人马库斯·埃亨（我们叫他马克）一周前被捕，或者说被拘留，因为他在埃尔维斯家位于孟菲斯市的格雷斯兰庄园大吵大闹。实际上，马克被抓是因为破坏，或者说企图破坏埃尔维斯·普雷斯利的坟墓。诗人的恶作剧本来是上不了报纸头条的，我是从我们共同的朋友那儿听说马克出事的。当时我心想，在经过与当权者将近四十年的纠缠和困扰后，马克终于落入权力的魔爪：我说四十年，是因为我恰好知道，在一九七七年的八月二十九日，还未成年的马克就参与了几个人发起的一项行动，试图盗窃普雷斯利当时的墓地，那座墓地位于孟菲斯市的森林山丘陵园内——虽然媒体只会用"不可思议"这个词来形容他们那次行动——那次不成功的盗墓倒是导致了埃尔维斯的遗体被挪走，同时被挪走的还有埃尔维斯的母亲格拉迪思·拉芙·史密斯·普雷斯利的遗体，这母子俩的遗体在格雷斯兰庄园内被严密看守，两人并排躺在配套的铜制棺材内，每个棺材重达九百多磅……马克亲口对我承认，二〇〇一年一月八日午夜刚过，趁着新月惨淡的月光，他潜入密西西比州图珀洛市附近的普莱斯威尔陵园，用一把铁锹挖开一座没有标记的坟墓，挖出里面一口小小的棺材，把棺材撬开，准备盗取里面的东西，说白了，就是一具婴儿的尸体，这个婴儿叫杰西·加龙·普雷斯利，是埃尔维斯·普雷斯利的孪生兄弟，不过生下来就死了。

如果我们能列出一个真正的诗人名单，马库斯·埃亨理所当然地名列其中。我第一次见到他是在一九八四年，当时我在哥伦比亚大学指导一个诗歌研习班。那年马克二十多岁，我三十五岁。在此之前的十多年里，我主持过几次这样的研习班。在研习班上，我们对各种各样学生的诗句来回讨论，各抒己见，这些学生里不仅有写作课程的研究生，还有国家资助的"校园诗歌"活动的小诗人、社区艺术中心的退休老人。有那么一年多，甚至还出现过联邦监狱里的抢劫犯、盗窃犯和匪徒。那段时间，我差不多一直在思考一个问题：我自己在写作上付出的努力真的比这些人更多吗？马库斯·埃亨最早写出的六首诗歌给了我答案。这些是真正的诗歌，一行又一行真实的诗句，我手握这些诗，一直困扰在我心中的隐秘痛苦逐渐释然，我终于可以接受，自己永远不会成为一个诗人，而只能成为一名教诗先生。

马克平日的打扮是粗呢外套，松垮的灯芯绒裤子，还有宽大的羊毛衫。他有一头诗人般乱糟糟的棕色头发，一张讨人喜欢的面孔：脸总是刮得干干净净，像洋娃娃似的，有一双圆圆的蓝眼睛和粉红的脸蛋，扁鼻子，小嘴，脸上经常挂着迷人的微笑。他走进教室时，你能感觉到他身上的友好。班上其他人似乎并不介意他的才华，也许他们对他的才华一无所知。

那么，我是从哪里开始加入进来的？按道理讲，应该是从哥伦比亚大学的那间教室开始，教室里有破损的木制地板、耸立的窗户和高挑的房顶，制造出空旷的回声效果，至少在我听来，空中总有回音在模仿我们说的每句话。我们当时应该是围绕着一张讲桌，这些来自各行各业的天才学生营造出一种慷慨分享智慧和相互提供支持的气氛，他们在这种气氛中探索着各种新鲜的想法，只有我觉得无聊，接着开始坐立不安，以至于最后迫不及待地想听点儿愚蠢傻气的东西。换句话说，该教授说点儿什么了。一开始，我很可能讲了段弗兰克·辛纳屈的轶事，这是我最爱讲的段子之一：辛纳屈在一九五六年的民主党全国大会上演唱了《美丽的亚美利加》之后，一位名叫萨姆·雷伯恩的先生走上前来，这位先生七十四岁，担任过二十二任得州议员，当时在位了十六年的众议院议长，雷伯恩先生抓住这位歌手的胳膊，请求道："年轻人，唱一首《得克萨斯的黄玫瑰》吧。"辛纳屈回答说："怪家伙，别碰我的衣服。"这大概让人想起辛纳屈说的另一个笑话，他形容埃尔维斯·普雷斯利的摇滚乐是"带有脂肪变质味道的催情剂"。这可是埃尔维斯！辛纳屈就那么说了。我纠结在激情和回忆的陷阱之间，在这些年轻人面前回顾了一九五七年的一个夜晚，那时我才上小学三年级，坐在一个挤满十几岁孩子的剧院里，我们一起跟着埃尔维斯·普雷斯利的《监狱摇滚》拍手，仿佛我们一起变成一个罪恶幼稚又充满性欲的存在，被黑暗中乱七八糟的节奏驱动着——"只有我们流血的脉搏"，我一定是这么说的。在这里，我本来可以很聪明地抓住这个点，转向我们的讨论——讲讲他妈的节奏感之类，可是我忍不住陷入自发的反思，滔滔不绝地讲起后来的埃尔维斯是如何了无生趣、令人厌烦，和一九五七年的他自己完全不能相比。"不知情的人会说这种变化是他吸毒导致的，"我好像是这么说的，"但我觉得这都怪他的经纪人，外号叫上校的汤姆·帕克，他带来了致命的庸俗不堪。一九五七年，帕克已经开始在埃尔维斯·普雷斯利澎湃着原创精神的生命中注入令人萎靡不振的东西。到一九五八年初，他把埃尔维斯交给了美国军队，在那儿把他退化成一团胶水。"通常在这里，我很确信我会在说完这么一番话后闭嘴，"粉碎了美国时代的，并不是一九六三年肯尼迪遇刺，而是一九五八年埃尔维斯入伍。"在他入伍的那一刻，全世界目睹了过去的埃尔维斯烟消云散，他的长鬓角被剃光，他身穿配金色纽扣的制服拍照，那个曾经唱着《监狱摇滚》的高挑闷骚如双性人的埃尔维斯宣布要学习空手道。这些变化都是那个"上校"汤姆·帕克教唆的，"他根本不是什么上校，只是陆军的一个列兵，因为逃离部队和精神变态被美国军队开除了。"是我在拍桌子吗？

146

反正有人拍。"听我说！听仔细了！在我们每个人的身体里都住着一个'上校'汤姆·帕克一般的囚徒。"说到这里，我应该已经站起来，大喊大叫，也许还流泪了——我忘了说，我的婚姻一片迷茫，经济上陷于困境，我在这所名校讲授诗歌的教职也岌岌可危，并不是因为我的讲课能力，虽然我的确无能，也不是因为我自己写的诗，虽然它们的确很虚伪，而是因为当时系里的帮派斗争，我在这场斗争中失败了——所以，我当时大叫痛哭，让学生们都走，离开教室，回家去——"去坐在你的书桌前，不用笔，不用纸，甚至不用文字，进入自己的内心，把里面的'上校'汤姆·帕克揪出来，张开嘴把他嚼碎咽下去，让他穿过你的肠胃，从大便里排出，是的，排泄出去！把你的排泄物涂在纸上交给我。"在我一个人做这番长篇大论时，年轻而富有才气的马库斯·埃亨一直盯着我看，他洋娃娃般的眼睛里闪着光，当然，当时我正全神贯注于自己的想法，不会注意到他。

很有可能就是在这一天，我甩上教室的门，穿过长廊，冲进哥伦比亚大学创意写作系主任的办公室（一个非常好的人），对他说："我操，操这个系，还有这些学生，鼓励他们写作就是犯罪，我不干了。"我还说了不少。系主任很会应付我这种人。他双手交叉放在办公桌上，手指盘在一起，头前倾，听我讲完。每五秒钟他点一次头，当我说埃亨是个诗人而其他人都是天生庸才，又说我们写作系就是个庞氏骗局，打着文学的幌子骗钱的时候，他既不赞同也不反驳我……等我说到没词儿的时候，他清了清嗓子，向我保证说他能理解我的怀疑，称赞我的直言和勇气，甚至让我保证不会抛下这些年轻人不管，会把这学期教完（其实也就还有三次课而已）。他和我握手，我们友好告别。他叫杜塞尔多夫。他写过几本没人买的书，这次他居然成功了。我走出长廊，走下楼梯，走进曼哈顿上东区四月的黄昏中，我行走在大街上，等着日落，好让我生命中最难堪的一段经历正式结束。

但结束始终没有到来。我的思绪让整个天空退却，脑海中一遍遍回放刚发生的场景，有一个哀叹的声音一直在辩解、否认、编写、改编。与此同时，整个城市在尖叫和震动。八十年代的曼哈顿有自己的节律，顽固而强大，像是一个伤口。还记得吗？那些像是来自死亡集中营的流浪汉，游击队员一样的街头小贩，三张纸牌的赌局，满大街的垃圾。我无法想象，当时自己是如何在这重重包围下幸存下来，如何穿过一条条大街，没有被车撞死。或许马库斯·埃亨拯救了我。可能就是这天，在一个路口的中间，马克·埃亨出现在我身边，抓住我的胳膊说："哈林顿教授！——又是教室里悲惨的一天。"我们的友谊由此开始。

很可能就是从这天开始的，虽然我只是猜测。那又怎样？过去刚刚离开，要我说，它留下的大多是虚构的记忆。我们都被困在陈旧而琐碎的记忆中，我有我的记忆，你有你的，在我的记忆中，二十分钟后，我和马库斯·埃亨并排坐在一个公园广场上，那些日子我常常一个人躲在那里，在 106 街和百老汇大道的交叉口有一块小小的三角形绿地，旁边就是西区大道，这里有两张长椅，四周是刚刚抽芽的橡树、悠闲散步的鸽子、兴致勃勃的松鼠，还有体型硕大的水老鼠随着不远处的哈德孙河漂流而来，被曼哈顿上西区的文化氛围所接纳，它们在这里如同松鼠般生活着。这些老鼠会直立起来向路人乞讨，吃路人手中的食物。马克和我用外卖的纸杯喝着咖啡，他说："你对埃尔维斯·普雷斯利很有激情。"

"那些想法一不小心就自己跑出来了。"

"自己跑出来，"他说，"没穿裤子到处乱跑。"

"我有自己的观点。"

"是关于汤姆·帕克上校。"

"这个家伙毁了埃尔维斯，把他先过滤，后漂白。"

马克打开纸质咖啡杯的盖子，盯着杯子里的咖啡渣，打量它们。"哥大对教室里发生的事情有没有一丁点儿关心？我的意思……"他抬头看着我，"你发作和情绪失控的事情。"

"我的歇斯底里。"

"你发作的时候他们找你麻烦吗？"

是的，我疯了。在厚厚的教科书的某一页上，应该已经清清楚楚写着对我的诊断。但在此刻，我是凯文·彼得·哈林顿教授，我在和一名学生交谈，有责任保护他远离我内心世界里的深渊，这是我自己的深渊，如同诗人尼卡诺尔·帕拉所说那般，"让我们远离他人心底的深渊"。

所以我只说了一句："你写得很好。"

"对我来说这并不是最重要的事。"

说完他就沉默了。我感觉自己想要问那个显而易见的问题——但我又觉得是被诱导了，因此我踩了踩自己的鞋跟，没有问他什么是对他最重要的事。

他从容不迫地改变了话题。"你说得对，上校的影响的确是致命的。"

"谁说他是致命的？"

"一个致命的倡导平庸的人，这是你说他的。"

"我还真行。"

"你知道，上校年轻时曾涉嫌谋杀一名女子。致命。我对埃尔维斯的生死有一个理论，和这完全吻合。"

"你怎么会对埃尔维斯·普雷斯利这么入迷？这些对你太过时了吧，你多大了？"

"我九月份刚过二十四岁。"他做了详细的自我介绍：他叫查尔斯·马库斯·埃亨（当时他并没有提查尔斯这个名字，我是后来才知道的），生于一九五九年九月十日，出生在马里兰州华盛顿市郊区的波托马克河畔，父亲是医生，肝病专科，在国家卫生研究院做了将近二十年的副主任；母亲是在史密斯学院毕业典礼上致辞的最优生，很受尊重

150

的业余传记作家（著有诗人玛丽安·摩尔和伊丽莎白·毕肖普的传记），也是保护动物权利运动的活跃分子。马克读的是公立学校，一九七七年毕业于波托马克的温斯顿·丘吉尔高中，这是我所知的唯一没有以美国名人命名的学校。马克的父母生他很晚，年龄上可以做他的祖父母，他们在一种宽容和守矩的氛围中把他养大。我和马克在公园广场上交谈的那天，他的父母还住在一起，他们住的家是马克从出生到十八岁成长的地方，直至他离开父母去威廉姆斯学院读书。马克唯一的兄弟，一个比他大十一岁的哥哥，早年突然去世了，这是他童年记忆中唯一的阴影。这个哥哥叫兰卡斯特，昵称是兰斯，考上了哈佛，在去哈佛上学前的那个夏天，在西北地区一个国家森林公园里打工，从一棵很高的常青树顶端的树枝上摔了下来。我没有问他爬到树顶去做什么，万一是因为什么很傻的原因呢？比如喝醉酒打赌，或者只是年少疯狂，原始冲动或者心血来潮？也许更糟糕，是自杀？

　　"我哥哥兰斯，"马克说，"是个传奇式的年轻人。他身上有种漫不经心的魅力，这在他同龄人的眼中完全无法抵挡，还有像我这样比他更年轻的人。我们都还在青春期挣扎，生活一团糟的时候，兰斯生活的每一分钟都像是精心彩排过一样，他像是个穿着牛仔裤和靴子的摇滚歌星，开着一辆老式的 MG 红色敞篷车，跑遍了蒙哥马利县，无论春夏秋冬，风雨无阻，逢山开路遇水架桥，女孩子们都崇拜他，他可以随意挑选自己喜欢的姑娘，大概给几十个姑娘开过苞。打架的时候，他就像埃罗尔·弗林①，在对手四周灵活挪动，而对手们就像是花钱雇来衬托他战无不胜的。他蔑视权威，每年都要被学校留校察看几次，但他无所谓。我父母对此也无所谓。兰斯在家的时候，父母一言不发，他们像是欧洲民间故事里住在茅舍里的伐木工和他的妻子，知道自己养育了一个有魔法的巨人。这个巨人会探险、远航，赢得自己的王国——想象兰斯的未来是件充满乐趣的事情。他在学校犯的那点儿事被丢在一边，连学校校长也为他说好话，帮他进了哈佛。然后他就死了。"

"对不起。"

"既然什么都说了，你知道我的少年犯罪记录吗？"

"不知道。"

"我的青年违规记录呢？"

"马克，你依然是个青年。"

"关于埃尔维斯坟墓的事呢？"

"你在说什么？我不懂你在说什么。"

"七年前，我因为企图挖开他的墓地，在少年管教所待了四天。"

"谁的墓地？"

"埃尔维斯·普雷斯利的墓地，老兄。埃尔维斯的。"

---

① 埃罗尔·弗林，英国演员，以扮演侠盗罗宾汉著称。

"什么？"

"我长话短说：埃尔维斯去世的第二天，我搭上一辆去孟菲斯的灰狗大巴，然后步行了三十一个街区，到了格雷斯兰庄园。我和其他几千个哀悼者一起站立在大雨中的庄园外，那年我十六岁。在那我遇到几个二货，他们说要去挖埃尔维斯的墓地，就在镇子另一头的森林山丘陵园里，三天前刚挖的新墓地。我也加入了，然后我们被抓了。

"整个事情就是个噱头，为了博眼球。没人能进到墓地里去，他们连把铁锹都没带。后来有谣言说，这帮破坏分子是普雷斯利家族雇来的，他们就想让大家看看这个墓地很容易被人盗墓，所以墓地应该转移到格雷斯兰庄园里面。普雷斯利家族每年从来格雷斯兰庄园参观的旅游者身上能赚到一千五百万美元。

"我什么罪名也没有，住在一间给离家出走的孩子住的宿舍里。几天后，控方不打算起诉，我搭飞机回家了。

"这一切之所以发生，是因为我被埃尔维斯的死冲昏了头。我会解释为什么。我哥哥兰斯是个埃尔维斯迷，收集了他所有的唱片……不不，我重新讲：

"我还有一个哥哥，也死了。

"你听说过'落单的双胞胎'这个词吗？我哥哥就是，他是个落单的双胞胎，出生的时候有个同卵双胞胎的弟弟，生下来就死了。

"埃尔维斯也是——他的双胞胎弟弟杰西生下来就

153

死了。

"也许是这点历史巧合的缘故，我哥哥沉迷于埃尔维斯，感同身受，不能自拔。兰斯拥有埃尔维斯的全部唱片，他专门收集来的，直到去世前——我指的是兰斯去世——我继承了这些唱片，并继续收集后来的每一张唱片，直到他去世——埃尔维斯去世。最后，一共是三百八十六张黑胶唱片——每张专辑，每支单曲，甚至那些老气横秋的圣诞歌曲和教会歌曲，一直到最初的《妈妈一切都好》。其中一半是兰斯留给我的，我继续收集，直到埃尔维斯去世前两天，我集齐了所有的音乐，所有的封套——收集者想要的是封套，那比音乐本身更重要——我把它们都集齐了。

"但很糟糕的是，到了埃尔维斯死的那天——我什么都没有，再也没有了。

"在人们发现埃尔维斯死在自家浴室地板上不到二十四小时之前，我把哥哥留下的埃尔维斯全部唱片都打包寄了出去。我像一个忠实的牧师一样，一直继续收集唱片，直到最后一首《下降之路》，我们谁也不知道这是他的最后一首歌，它上了三十一次排行榜——我当时想，'这家伙已经讨人厌了，我哥哥也死了，我需要钱付大学学费。'——我是这么说的，当然学费一直是家里人付的，我只是想让自己口袋里多点钱。我并不真的需要。我有几百美元。那个夏天我刚在一个庭院设计师那儿打工，那是我一辈子最差劲的夏天，我根本不想工作，连咖啡店的零工也不想

154

做……一共十一个箱子，四十九磅重，我把它们送到邮局，挂号寄出去，还买了保额四千元的保险，这是成本价。买家的支票已经从加拿大的艾伯塔寄出来了。

"第二天，我打开新闻，听到了埃尔维斯在前一天死去的消息。这个消息刺穿了我的心。凯夫——我能叫你凯夫吗？"

"没人叫我凯夫。"

"我想这么叫。"

"那你就这么叫吧。"

"——我的脑袋蒙了，精神也崩溃了。我去了孟菲斯。要么去孟菲斯，要么把狗杀了。"

我把这个故事压缩了很多，省去了不少时间。暮色已经笼罩了大街。冷风从哈德孙河沿着 106 街向我们袭来，带着河水的臭味。鸽子和松鼠缩回到夜色中，老鼠也不见了。另一张长椅上躺着一个流浪汉，身上盖着报纸和毯子，附近还有另一个人，背靠树坐在地上，身边的一捆东西是他的全部家当，他的肩膀上裹着毯子，用邪恶的眼神看着我们。很显然我们占据了他的床。马克占据了我全部的注意力，我成了他谈话的源泉——更重要的，我是他倾诉的对象——他带着我来到地图上一个标记着"做自己的怪兽"的地方。

"什么狗？"

"我哥哥的一只小斗牛犬——它叫辛巴达。我父母把它接走了。"

"为什么你要杀它——"

"那只是一个说法，凯夫——嘿，你知道吗？关于《监狱摇滚》那部电影，我哥哥兰斯的说法和你的几乎一模一样。他当时也上三年级。如果你的那本《年轻诗人》上关于你的生平介绍是准确的话，你今年三十五岁，对吗？你和我哥哥正好一样大。"

"你这么说，我是不是应该感觉不太舒服？把我和你们家联系起来。"

"当然，你要是觉得不舒服就不舒服好了。别拘束。"我笑了起来，马克继续说："我哥哥有一个关于埃尔维斯·普雷斯利和那个杀人犯上校的理论——没人信他，但是我觉得很有道理。我认为可以证明这个理论是对的。我要做的是证明它。"

"这是你要做的最重要的事情？"

"是的。"

"比你的才华和艺术工作更重要？"

"没错。"

"探索一个关于大众偶像的理论。怎么证明这个理论呢？"

"通过积累证据。"

"你能告诉我这个理论是什么吗？"

"下次再说吧。"

我们站起身来，做出告别的姿态。长椅的流浪汉主人已经在长椅上躺下，手里的咖啡杯摆成乞讨的模样。我走过去给他点施舍，没想到反而惹出了事，那个可怜的家伙用恶毒下流的语言咒骂我，像个以德报怨的野蛮人：我刚刚在他的杯子里放了五角钱硬币。我该怎么做？在那个年代你真的不知道——那时的曼哈顿，你随时有可能被捅一刀，让你当场完蛋。马克·埃亨来到我身边，给了他五美元的钞票，把我救了出来。我们互道了晚安。

~~~

　　那个学期剩下的三堂课，每次上课结束，马克便和我一起早早就去吃晚餐。从那以后直到一九九〇年，我们没再见面。在我和马克最初相识的这六年里，我们保持着友好的通信往来，马克·埃亨的诗句成了我生命中重要的东西，而这并不是因为我和他的书信往来。我每年给他打两三个电话，问问他最近出了什么书，听听他友好的声音，讨要一些他的诗歌。他时常会发给我几首，有一次还寄来了一本要出版的书稿。马克还会给我寄录音磁带，里面是他唱的自己写的歌，没有伴奏，声音很像埃尔维斯，带着回音效果，仿佛他是在一个垃圾桶里录制的这些磁带？他出版了前两本书后，得了两个奖，依旧单身，经常搬家，去一些学校做访问教授，如今，很多大学的写作系给一流的文学人士提供类似这样收入不菲的教职，让这些优秀的作家在学校里留下自己智慧的语言，但如果这些作家想要谋求终身教职的话，就请他们离开。马克就是这样一个一直在路上的教授，至今未变。作为诗人的马库斯·埃亨情形也差不多。他独来独往，把自己隐藏起来，他在美学上的追求和其他人也没有交集。虽然诗歌的读者群小而罕见，但对这些读者来说，他已然成为一颗明星。他的作品对他们很重要。

但对于他，写作并不是最重要的事情。

马克的哥哥兰斯，一个落单的双胞胎，遗留给他埃尔维斯·普雷斯利的全套黑胶唱片。埃尔维斯自己也是一个落单的双胞胎。马克没有意识到这些馈赠中深刻的个人联系的力量，他轻易放走了这些唱片——更糟糕的是：他是用这些唱片去换钱。在后来的岁月里他一直背负着罪恶感，因此他对埃尔维斯的痴迷程度越来越强，甚至超出了他的哥哥，并逐渐聚焦在他哥哥对这位摇滚歌王的一个特殊兴趣点上——他哥哥的一个理论，或者叫假说：一九七七年八月十六日下午，人们在浴室地板上发现死去的那个埃尔维斯·普雷斯利，那个在格雷斯兰庄园生活了将近二十年的埃尔维斯·普雷斯利，并不是埃尔维斯·普雷斯利本人；这个理论认为：一九五七年春天，在汤姆·帕克上校的安排下，这位摇滚歌王被害——用暗杀，蓄意谋杀的手段——然后用一个串通好的埃尔维斯来代替，这个假埃尔维斯是杰西·加龙·普雷斯利，那个人们误以为生下来就死了的孪生兄弟，"其实他一直住在孟菲斯，"埃亨对我说，"和他的养母萨拉·简·雷斯特尔住在一起，这位养母是一名邪恶的接生婆，她在孩子出生的时候偷走了孩子。"

"我没有符合法律标准的证据来证明这些细节，但是等着瞧吧。"有一天早上，他在电话里告诉我。由于他的热情洋溢，那个电话变得毫无必要的冗长。我说毫无必要，是因为他原本是要打电话告诉我，他住在离我只有几英里的一个木屋里，邀请我过去一起吃早餐——但是他一开始讲话就停不下来，等不及十分钟后我开车过去当面对我说，"因为，昨天我收到了邮件，凯夫，我拿到了确凿的证据，那个孪生兄弟和他的养母都的确存在。这些文件现在就在我面前，在厨房的桌子上。"他在电话上说，接下来我应该像希区柯克电影里的人一样，在冬天科德角肮脏的、时断时续的道路上匆匆开车赶到他那里，发现他身体摊开，喉管被切断，而所有的文件，那些板上钉钉的证据，全都消失不见了。

当时我住在韦尔弗利特，我的妻子安妮·海耶斯继承了一间一七九五年建的闲置老木屋。马克在斯洛卡姆池塘的一间木屋帮人看房子，在旅游淡季，那是一个人烟寥寥的地区，那座木屋大概建于十九世纪，是最早在池塘边落户之人的住处，屋顶很低，到处漏风，吱嘎作响，跟安妮和我住的房子差不多，只是更小一号，周围橡树的叶子落光了，因此比我们的房子显得更加凄凉一点。但是埃亨煮了咖啡，这让整个房子里的气氛显得温馨了一些。

　　和六年前相比，他看起来没什么变化。我觉得他还穿着同一件粗呢外套。在幽闭得让人不安的厨房里，他把手搭在我的肩上，从近处盯着我看了一会儿说："我说什么来着？"我姑且认为这是他的欢迎词。因为最新得到的文件，马克兴奋不已，但是首先我们得出去遛狗。虽然那些证据近在眼前，就摆在厨房桌子上，马克和我还是竖起衣领，跟着辛巴达二世出了门，这是一只皱巴巴的斗牛犬，它以一种科学的专注态度围着池塘四处探寻，经常停下来抖抖身子，不做什么事儿。和当地其他狗不同的是，这条狗没有拴狗绳，马克说"我从不给它系绳子"。他住在这儿，阅读，写作，只有狗和他做伴。经过一段显著的沉寂之后，他最近出版了一本诗集，这本诗集的表现手法艰涩难懂，诗句换行随意而频繁，似乎既无目的又无节奏，在书页上，它们看起来像是查尔斯·布考斯基那些短小的、闲谈式的、结结巴巴喃喃自语的"反诗句"。马克的文字有种匪夷所思的音乐感，仿佛爵士乐带来的无法拒绝的来自远方的紧迫力量。只要读上几行，任何读者都会发现——好了，还是你自己去读吧。马库斯·埃亨穿行于妙不可言的世界里。他写的文字，把作者的思想完全呈现出来，就在此时此刻，在读者阅读的地方——此地。这种能力很罕见，我能想到的有塞缪尔·贝克特、让·福兰、尤内斯库——还有作曲

160

家比利·斯特雷霍恩。马克把这种过程称为"心理即兴创作",他向我介绍了画家保罗·克利,说这个词是克利创造的。"你拿起一支笔,一个本子,让思绪流淌。"他对我说。我能看出来,他需要有人说话。他谈起水流和风中螺旋形涡流的力量,以及塑造出科德角卷曲的尾部形状的超自然力量,那个尾部离我们当时所在的地方只有十英里距离,就在斯洛卡姆池塘绿色的松树和变形的黑橡树之间。他接着说——他的确说了——他修改了自己对转世问题的思考方式,他现在相信转世的概念仅仅是一个比喻,"只是一个文字游戏,圣人和佛陀也会玩文字游戏。"我又有什么资格来讨论转世的问题呢?我自己对待这个问题的方式仅仅是祈祷所谓转世都是虚构的,光是现世糊里糊涂的存在已经让我无法招架。这几个月来,为了一份合同我一直在和出版社扯皮,最近一次在密歇根大学找工作的面谈也搞砸了,我结婚七年的妻子此刻正在六号公路上驱车,她要赶在十一点钟和离婚律师见面。天空乌云密布——这句话不仅仅是个比喻,也的确是我们头顶的景象,科德角沉寂而萎缩的一个冬日。"好吧,"我说,"如果圣人们都认为转世是一个值得玩的游戏……"马克说:"我想说的是,行,就算有些事会一遍又一遍发生,那又怎样?也许它只是我们肺里一进一出的呼吸。"我向他指出,关于呼吸我们不必用比喻,"按字面意思直说就行了。"马克笑起来,把胳膊搭在我的肩膀上,问我有没有听说过一本叫《和国王分享时光》的书。我说没有，我也没听说过它的作者罗恩·布莱特和欧帕尔·布莱特。

后来我去查过这本书：一九五八年，埃尔维斯入伍两周后，阿肯色州的一个农民站在自己刚播过种的高粱地里，看到一个人越过一排排田埂向他走来——"他在离我大概十码远的地方停下来，站在那里，望着远方的天际——这人穿着蓝色牛仔裤，白色T恤，机车靴——然后他把凝视的目光转向我，罗恩·布雷恩·布莱特，我脱口而出——你是摇滚之王！"

埃尔维斯的幽灵说："罗恩，你有一个姑姑叫格雷丝，住在得克萨斯州的金布罗。她去世了。今天早上我们一起在天堂的金色街道上散步。她派我来这儿告诉你一声。"接着他转身向回走，穿过田野——"在土地上留下一串真实清晰的靴子印，一直到走上大路"——消失在视野里。

罗恩回到家，发现门帘上插着一封电报：是的，格雷丝姑姑——刚刚去世了。

到目前为止，整件事情听起来很神奇，接下来发生的事更不可思议，罗恩的妻子欧帕尔从房子后面的果园走回来，告诉他说："罗恩，我刚才看到埃尔维斯·普雷斯利在梨树下走来走去，他还非常自然地和我交谈。"罗恩回答说："我也看到他了！"——"那他有没有告诉你，你的姑姑格雷丝已经去领受恩赐了？"欧帕尔问。罗恩给她看了西部联盟电报公司发来的黄色电报纸。

162

"问题是，"罗恩·布雷恩·布莱特指出，"如果埃尔维斯在天堂里看到格雷丝姑姑，那是不是说他也上了天堂了？但是如果埃尔维斯正在胡德堡基地服兵役，他怎么会死呢？"当时，他和欧帕尔都没有直接去面对这个问题。

后来在晚饭的时候，欧帕尔说："别看着我！"她把餐巾纸掩在自己姣好的面庞上说："有件事我之前不想说出来。摇滚之王对我说，他会带我去天堂。"

罗恩·布莱特回忆，第二天晚上，幽灵开始每晚拜访他们，"他轻声呻吟，只有国王才能如此呻吟，发出各种各样的动静，特别是在厨房里，没有什么粗暴的声响，也没有打碎东西"。一个主要的把戏是在收音机播放埃尔维斯的歌时，音量会突然变大。另一个把戏是摆弄家里的蜂蜜罐，他们经常在早上看到蜂蜜罐被倒置，蜂蜜流到了地板上。

这本书很清楚地分为上下两部分，它继续记载了欧帕尔·布莱特讲述的故事，在她的描述中，她的身体里仿佛也流淌着蜂蜜，"一个二十岁的女子，在离镇子四十英里的郊外"，在值夜班时正懒洋洋地依靠在门廊里的秋千上，双膝高高跷起，她从第一段开始就马上揭示出自己和国王的关系"来自他触摸般的召唤"，接着发展成从卧室窗外遥远的张望，进一步变成一种撩拨，相思成疾，绝望的东西"把人长久地紧紧攫住"。她形容自己一边燃烧，一边赤足行走，漫步走过初花绽放时散发着窒息芳香的南方夜晚，当她走过的时候，几乎无法看清这些花朵，它们白昼的色彩被月光和星光洗去，笼上统一的暗红或绛紫色。在清冷的草坪上，或是在约翰·迪尔 D 型拖拉机宽阔的牛皮座椅上，或是在其他"温柔而隐秘的地方"，欧帕尔·布莱特和摇滚之王暗结连理，不久，由于罗恩·布莱特的慷慨大度，"我和国王，还有罗恩，"他的妻子说，"在卧室里共享时光。"

"国王说他会带我上天堂，他没有撒谎。"

天堂里的共享时光持续了一年多，直到一场大火烧毁了房子，布莱特夫妇贱卖了土地，远去了印第安纳波利斯。

这本小册子的最后两页有对布莱特夫妇的共同采访，没有披露"采访者"的名字，采访中描述了他们如何掌控时间。欧帕尔事先会知道："罗恩，他该来了。"她能感觉到他的触摸。埃尔维斯总是很细心，愉悦，夫妇两个都说"他的手和声音一样轻柔"。"当他请我离开卧室，让他们独处的时候"，国王总是同时"带着敬意和悔意"。罗恩·布莱特说："但我从不介意。"——他也不介意在采访中，他的妻子说埃尔维斯是"毕生的爱人"。丈夫和妻子都说，埃尔维斯是个悲伤的人，"如鬼魂般悲伤"。

〰〰

辛巴达二世像猫一样跳上厨房的椅子，开始打盹。煤气炉的灶头之间有两个杯子，马克把咖啡倒进杯子——厨

164

房桌子上已经摆满了他陈列的战利品。"这张桌子上罗列的证据加起来一共花了我三千多美元。"他从桌子的一角拿起一页——"埃斯蒂斯、弗兰克斯和赫尔曼律师事务所，这是孟菲斯的一家大律所。他们收费很贪婪，但我很相信这些调查人员，"他用手指敲着纸张，"埃斯蒂斯经常和约翰·格里森姆 ① 在一起。"

他开始读：

"安东尼·罗杰斯·雷斯特尔，生于一九三五年一月八日，母亲是萨拉·简·雷斯特尔，父亲名字不详，出生证明见附件。一九五三年毕业于中央高中。无社会保险号记录。"

"为了回答您的咨询。"什么什么的……电子化文件和档案文件就是不一样，无聊，还是无聊……找到了："我们可以确认自一九七五年起，安东尼·罗杰斯·雷斯特尔没有任何在美国的活动记录。我们不能完全确认，但是很有把握相信，自一九五三年从孟菲斯的中央高中毕业后，安东尼·罗杰斯·雷斯特尔没有在美国任何州或联邦留下活动记录。结论是：出生证明上的安东尼·罗杰斯·雷斯特尔（1）已经去世但没有死亡记录，或者（2）永久移居海外，或者（3）长期用假名字生活在美国。

"最后还要强调一点——请指示您是否需要一份中央

---

① 　约翰·格里森姆，美国当代畅销小说家，以法律题材类型小说著称。

165

高中一九五○至一九五三年间的毕业纪念册，如我们之前讨论过的，我们会给您一个这项服务的报价。"废话我当然想要这些毕业纪念册，但是每册要八百元，最后我只要了一九五三年的那本，这是他毕业那年。伴随着一个舞蹈般的动作，他扔掉一张绿色的豪华包装纸，跷着小指，翻动着光滑的页面——"这张脸很有意思。这个姑娘现在五十五岁了，法院有禁令，我不能接近她。"

只要看一眼，你就能认出他拿的是本毕业纪念册，再看一眼，你还能认出这是二战后的美国高中生。埃亨的手指点在一张脸上：这是一个相当迷人的五十年代女孩子的脸。略显拘谨的微笑，斜视的目光，完美的鬓发，可能刚刚在卫生间摘了头巾和卷发定型器。这只是一幅黑白头像，但我能想象她穿着棕白相间的马鞍鞋，覆盖到脚踝的女式短袜，百褶裙掩着她的腿，刚好遮到膝盖下方。她的笑容有些不自然，可能是因为过去用过牙套，但是她正在摆脱那段历史，她比自己意识到的更好看。她穿着一件被称为村姑衫的上衣，是一件无袖的套头衫，弹性领口，爸妈不在身边的时候，她可能会把领口拉低，露出肩膀和一点点乳沟，一边抽着烟，或者从吸管里啜饮汽水。这幅画面深深打动了我，把我带回到七岁的记忆。我记得自己跟踪着这些男孩女孩们，偷听他们说话，觉得他们是世界上最老练的人。

爱丽丝·米尔德里德·泰特

戏剧俱乐部

科学俱乐部

乐队

稳定男友：巴克·雷斯特尔

"马克，什么禁令？"

"我只是想问她一个问题：她知不知道一九五八年后巴克·雷斯特尔去哪儿了？如果她说当然知道，我昨天还和他喝咖啡——那一切就都结束了。"

他翻过厚厚一叠书页，停在经常被翻看的一页。"看见这个人了吗，华生 ① ？"

"上帝啊，看到了。"在左页的第一排写着：

安东尼·"巴克"·雷斯特尔

合唱团

戏剧俱乐部

稳定女友：爱丽丝·泰特

"这就是埃尔维斯·普雷斯利的双胞胎兄弟。"

---

① 马克戏称我像福尔摩斯的搭档华生医生。

~~~

安东尼·"巴克"·罗杰斯·雷斯特尔看起来的确像年轻的埃尔维斯·普雷斯利，但是脸更圆些，留着平头。埃亨把纪念册翻到后面的一页，这里拼贴着很多抓拍的快照——体育、舞蹈、课外生活。有一张照片上是巴克和爱丽丝在缓慢的舞蹈中紧紧相拥，下面配着文字：坠入爱河。

在埃亨的这些战利品中并没有助产婆萨拉·雷斯特尔的照片，只有一张疑似的图片：泛黄的报纸上的一幅广告，上面显示出一名女子的剪影——"雷斯特尔夫人敏感药膏——助产婆的秘密武器"。"如果这是萨拉·简·雷斯特尔，我们只能看到这么多。"马克说，轻柔地触摸着剪影的鼻子，"这名女子的儿子，巴克，刚生下来的时候是杰西·普雷斯利。"

"看看我理解的对不对，她来助产，然后把孩子偷走了。"

"她把孩子买走了。她和孩子的父母用两个双胞胎的灵魂做了笔交易。小埃尔维斯得到了世俗的名利，这个女巫得到了小杰西，把他当作自己的孩子抚养。我不会试图帮你想象他们庆贺的卑劣场面。别笑，凯夫——你知道在他们那里，他们迷信到了走火入魔的地步。你不是南方将领的后代吗？"

"你可能指的是我母亲家来自大雾山，她可不是什么

168

将军。"

"但是你知道的，凯夫，你心里明白——黑人的巫术，咒语，读内脏术 ①。在古老的大雾山地区，人们经常把死去的动物身体从中间切开，在上面施展巫术。不管怎么说，一九三五年的时候这些迷信依然深入人心。你会怀疑它吗？不会。于是他们就达成了交易——放弃一个儿子，让另一个儿子成为生活的明星。双方成交，施展魔力，神的力量控制了命运。

"时间一年年过去……"

"那个双胞胎兄弟：他长什么样？胖乎乎，软塌塌，松松垮垮的，又肥又懒，性格变态，像个婴儿一样贪吃，爱吃巧克力乳酪馅的糖饼，爱看色情杂志。他最喜欢的音乐是什么？迪恩·马丁，不对，没有那么下流，也没那么有趣：维克·戴蒙，佩里·科莫，平·克劳斯贝。同克劳斯贝年轻时一样，巴克参加了教会合唱团……他的养母认为他可能是被合唱团的指挥勾引了……他养母从未结婚，但她戴着婚戒，把自己打扮成一个寡妇。

"是的，萨拉·简·雷斯特尔从神那里得到的正是她想要的：一个让她疼爱、养育成人的儿子。这正是神承诺她的，一点也不多，一点也不少。

"雷斯特尔目睹着自己偷来儿子的孪生兄弟埃尔维斯在

---

① 读内脏术是源自古罗马的通过动物内脏来占卜未来的方法。

169

天堂般的生活中光芒夺目,像一颗明星划过天际,他的光芒映照在她湿润的双眼中。"(马克真的是这么说话的——他情不自禁会这样;我说过,他是个诗人。)"在短短二十几个月的时间里,财富之门在埃尔维斯面前敞开,他俘获了年轻一代的心。雷斯特尔的心中充满妒意。她做的这场交易现在看起来像是她遭受愚弄的一个谎言。在她身上附着了一个复杂的交响乐中的魔鬼,一个带着痛苦而美丽的灵魂的弥尔顿式天才。让雷斯特尔备受折磨的是,堕落的阳光之子把自己的灵魂掏空,交给了这个叫埃尔维斯的男孩,她自己儿子的孪生兄弟,通过埃尔维斯微妙的、女人般的眼神和丛林哭泣的音乐,向这个堕落的世界倾诉。雷斯特尔想出一个计划,让自己的儿子能参与进来——也许成为一个拍照或者游行中的替身。她找到帕克上校,说出自己的想法,让他意识到在孟菲斯有一个才华横溢的叫安东尼·"巴克"·雷斯特尔的男孩子,看起来像是埃尔维斯的替身……这个卑鄙的上校当然从中嗅到了伤害、权力和利益——这场阴谋就此开始发展,就像所有魔鬼的阴谋一样:猜疑毒害了他,他的计划跟自己作对,他用魔鬼来对付魔鬼,让合约见了鬼。接下来是血淋淋的谋杀。

"帕克想让这个流氓歌手改变自己的造型和音乐风格,走轻柔路线,讨好更大的听众群——挣更多的钱。当征兵开始的时候,帕克看到机会可以杀死不听话的埃尔维斯,换上听话的孪生兄弟。做这种事情时,帕克连眼睛都不眨一下，一挥而就。至于杀死埃尔维斯的细节——我不愿意想象，以免亵渎神灵。

"帕克把军队当作魔术中的布帘。在这个布帘后面，真正的埃尔维斯消失了。埃尔维斯服役期间，几乎没有什么媒体报道，然后，真正的凶手把布帘撤走，大家面前站着的是崭新的被驯服的埃尔维斯，如果有什么变化，也可以解释为是因为离开大众视野了两年。"

从一九五三年毕业纪念册上的巴克，或者叫杰西的照片来看，两个人的相貌的确有不同——在眼部周围，他们非常相像，但是巴克的眼神缺少闷骚的性感。他们的嘴唇形状完全相同，但是嘴巴和表情不同，巴克没有埃尔维斯脸上嘲弄的神态。他们下颌的形状相同，巴克的下巴几乎和埃尔维斯一模一样，但是巴克的下巴下面太胖了，缺少自律，像是糖饼的形状。两人脸上每个单独的部分都很相似，但是整体看起来，杰西像是警察局的嫌犯画像，总是缺乏真正的模样。杰西也会唱歌跳舞，虽然他和镜头之间没有埃尔维斯那样深入的联系，他也会在镜头面前表现自己，能够按照导演的要求表演，听上校的话，享受着，也许是忍受着，自己的工作。

"从世俗的角度看，帕克有很强的谋杀动机，这可能是一个贪婪者无法抵御的。但是帕克真正的动机更加隐秘。他要证明自己是魔鬼的长官，魔鬼的区域首领，他管辖的区域就是庸庸碌碌。我希望我说这话不会让你倒胃口，凯夫：杀死埃尔维斯的行为中有牺牲祭祀的成分。"

埃尔维斯在入伍前三个月剃去了自己鬓角的长发，用埃亨的话说，"这可能是一种投降的标志，或者说白了，是在帕克上校这个魔鬼父亲面前的自宫。但是这并没有满足帕克的胃口，直到他吞下了埃尔维斯的生命。"马克说话的时候，指尖一直在文件中漫游着，触摸它们，欢迎它们，这些个人崇拜的卷宗和遗物。这是一个几乎方方面面都很理智的人，但是在面前这张桌子上，他摆满没有意义的文件和书籍，令他的理智后退到了千里之外。即使今天骗子们还没发现他，他们也早晚会找上门来。并不是说马克看上去是个容易受骗的人，他身上散发着美好的贵族气息——卧蚕形状的眉毛，方方正正的络腮胡须中间夹杂着红色和金色的毛发，向你扑面而来——我有没有提过他的棕色头发？我说过他的眼睛是淡蓝色的，或许我应该说是灰色。他的眼睛似乎在眼窝中跳动。我不想和他发生争执。

"这是杰西·加龙·普雷斯利，埃尔维斯·普雷斯利的孪生兄弟，他并不是生下来就死了，生下来的时候他和未来摇滚歌王一样活着，被女巫接生婆萨拉·简·雷斯特尔偷走，她还伪造了出生证明，把这个孩子当作自己儿子养到十七岁，然后把他交给魔鬼般的汤姆·帕克，可怜的杰西被帕克继续剥削了二十年，直到他在卫生间去世，被安放到他兄弟埃尔维斯的坟墓里。埃尔维斯自己早已死去，被谋杀了，他的尸体无疑早就被毁掉了，无论对于他的亲人还是成千上万爱他如至亲的歌迷来说，他都无法再被复原。

"我能告诉你一个悲伤的消息吗？

"除了杰西，萨拉·简·雷斯特尔在这个世界上没有其他亲人，她把他交给上校，一九五三年，杰西消失在军队里，像是被吸进了宇宙中的黑洞。她无法和她唯一的亲人联系，只能通过上校，后来，在一九五八年八月十一日，被魔法附体的萨拉·简·雷斯特尔死去了，没人对她的死因提出疑问，没有任何调查——我猜想是被毒死的，可能是上校干的——但是没有人关心。

"雷斯特尔夫人在孤单中死去。

"杰西（现在的身份是列兵埃尔维斯·普雷斯利）从他的主人上校那里听到自己养母的死讯，在得克萨斯的胡德堡陷入震惊和悲痛之中。他的周围是第三装甲师第一中型坦克营一连的战友们，他无法向他们解释自己的悲伤，只会说：'我妈妈……我妈妈……'当他的生母格拉迪思在格雷斯兰奄奄一息的消息传来，虽然他从不认识她，也不在乎她，但他终于有了一个正当的理由在众人面前表现出无法自拔的悲痛。

"杰西不能在公众面前哀悼他所爱的萨拉，他可以痛哭，只要大家以为他是为格拉迪思在哭就行。部队允许他休假去陪伴格拉迪思最后的时刻，参加她的葬礼。在葬礼上，他嚎啕大哭，泣不成声，他在葬礼前、过程中和结束后，好几次不省人事——这一切都是为了雷斯特尔。就在同一天，雷斯特尔夫人在孟菲斯郊外的派克希尔公墓下葬，没有葬礼，也无人哀悼，但是她的坟墓已经不在了。埃斯蒂斯，弗兰克斯的律师告诉我，在亲属的要求下，雷斯特尔的遗体被掘出转移到另一处没人知道的地方——虽然她没有任何亲属。"埃亨像一团遥远的火焰一样熠熠闪光，像是爱伦坡附体："萨拉·雷斯特尔被移走了，我想，她被移到格雷斯兰庄园地下很深处的密室里，经过一个螺旋形的阶梯，一个隐蔽的密室，这个地方是为了让杰西来独自抒发他的悲伤，这里也让杰西对他魔鬼母亲的爱陷入痴狂，直到他在这间密室两层楼上的卫生间地板上死去。她的儿子有两个名字，杰西·加龙和埃尔维斯·亚伦，她的分身儿子们。"

～～～

马库斯·埃亨的第四本书，《他吃下的梦》，出版于二〇〇一年春天。在其中的四十三首作品中，我找到五首简短的诗歌，用幽默的笔法描写了一位教授生活中的日常片段。这位教授叫萨默斯·加菲尔德，但其实是我。萨默斯·加菲尔德就是凯文·哈林顿。

比如说，加菲尔德教授给一个乞讨者的杯子里放了硬币——我记得那件事，但并没觉得这和我个人有什么关系。然后我读到自己在教室里失控，又一次在文字中显得很蠢，而这些文字不会消失。我读了十二页之后，在一家速食店里点了一个三明治，开始坠入自己内心的深渊，我以为自己把这个深渊藏得很好。这是不是意味着我很幼稚，或者不够慷慨，因为我有很多不同的感受，但主要是痛恨，感觉自己被利用，被人侵犯，我看到自己在别人的世界中半裸行走——我手写了一封长长的信问这些问题，我写了好几封这样的信，但最终没有寄给马克。纸上的字句无法表达我这些问题的语调——是的，我受了伤，但我也在学术上发生了兴趣：我是否有权利如此感受……我必须得当面问他：我是不是萨默斯·加菲尔德?

　　当然，从一九九一年我们在斯洛卡姆池塘见面直到二〇〇一年《他吃下的梦》出版，马克和我中间遇到过几次，每隔三四个月我们也会通一次电话。每次都会谈到埃尔维斯——但他从没提起过萨默斯·加菲尔德。我可以等到秋天，在马克长期合作的编辑爱迪生·斯特普托的退休庆典上再提这件事。除此之外，我没有任何理由去纽约，或者去任何地方。简单来说，安妮和我离婚了，我们卖掉了韦尔弗利特的房子，安妮搬到西班牙住了。我在伊利诺伊州中部一所相当不错的大学的英语系教书，我不说这所学校的名字，因为在那里很不快乐，而这不是别人的错。我漫无目的地行走，吃力地走在毫无色彩的冬日里，没有树叶，空气潮湿。一切永无改变，无论六月，四月，或是八月，都无所谓，一成不变。渐渐地，我丧失了诗人的个性：从那时候起，我把自己装扮成一个文学评论家，并且大获成功，但是评论并不真实，它不是真实的东西。在评论界获得成功并没有治愈我。我想在萨默斯·加菲尔德这件事上重新处理好和马克·埃亨之间的关系，可能也是为了治愈。我受邀参加斯特普托的退休典礼，乘飞机飞了过去。

这种退休典礼很容易办得不尽人意，但这次活动是个例外——我得给组织者打个高分。在城中的一座高层建筑里，大约八十多个前来祝福的人相互寒暄，围绕着十张为这次告别盛会布置的桌子，品尝着餐前小点和免费酒水。酒精的作用加上源源不断的食物让大家兴致盎然。据我所知，今天恰好是马克·埃亨的四十二岁生日，但不清楚马克自己是不是记得。我最后一次见他还是一九九七年。经过这四年，他胖了不少，步态也沉重了许多，而且看起来有些神游物外，在一片喧闹氛围中，他似乎沉浸在自己的世界里。我相信他是在避开爱迪生·斯特普托，他的编辑也是他的导师。斯特普托发表了感言，接受了一块名牌，把名牌托在臂弯里巡游，整个房间里随处可见他硕大的脸孔在匆忙奔走，棕色头发飘浮在头顶，跟随着他走来走去。我不喜欢这个人，虽然我尊重他的业绩。我特别赞同他对马克·埃亨始终如一的支持。斯特普托签约了一批令人生畏的诗人，这些诗人遍布美国，马克是其中最知名的一位。但是魅力十足的编辑身边总是不乏迷人的留着鬈发的年轻女郎，以及身材修长的年轻男性，他们都自称是诗人。他们让我感到紧张。

我和斯特普托单独相处了片刻。我们举着刚斟满的酒杯，在俯瞰着第五大道的十四层楼阳台上相互重新介绍了自己，夜幕已经降临，深紫色的苍穹上有四五颗星星如皇冠上的明珠悬挂在帝国大厦上方。斯特普托的那些精灵般的崇拜者们，那些如同彼得·潘和孤儿安妮一样的贴身护卫们，开始谈论天上的星星。我抓住这个机会向他咨询了一个最近我和马克讨论的问题——从图珀洛和孟菲斯找到的更多证据，马克最近的伟大冒险。他花的不是我的钱，但我还是替他担心。我希望斯特普托可以倾听一下马克，也许能给点意见——坦白讲，我希望他能干预一下。"最后一份文件是从埃尔维斯出生的医生日记里撕下的一页，马克告诉他他为此付了八千五百美元。"

斯特普托身材高大，他满脸微笑但毫无灵气地向下注视着我，"埃尔维斯·普雷斯利的日记？"

"不，是他医生的日记，只有一页。为了核实这东西，律师收了一大笔钱。只要马克愿意为此花钱——世界上总会有东西要卖的，对不对？"

看着斯特普托的表情，听着他说出一些丝毫不经过大脑的话，我能感觉到自己的胃在犯恶心……我无意中出卖了自己的朋友马克。我打量着阳台的扶手，考虑要不要翻身跳出去，这似乎是最好的解脱方式。当你把事情搞砸到这般田地，你会这样说："我可能把几件事弄混了，我现在闭嘴。"

有人过来把斯特普托叫走了——这次谈话告诉我，马克向导师隐瞒了自己内心的激情所在，这种激情在很多方面控制了他的生活。他会不会只向我坦白过这些?

正在这时，埃亨走到阳台上，抓住我的胳膊。他厌烦了庆祝活动——我现在想起来，他是讨厌人多的地方。我们已经能闻到免费的，定制晚餐的味道，但是马克想离开。"我点了小圆形西冷牛排。"我对他说。他领着我穿过一张张友善的面孔，和一连串友好的声音——"干得好!""恭喜!"——《他吃下的梦》被提名竞逐一项国家图书奖。马克牵着我的胳膊把我带出大楼，穿过气味刺鼻的街道，他穿着前后摇摆的狄兰·托马斯风衣，觉得今晚有些太热了。

马克要去的地方离这里有两个街区，意大利风味餐厅，四下烛光跳动，我暗想，这儿简直像个防空洞。他停下脚步，读了挂在墙上的菜单。他的脸在饭店微弱的光线映照下显得悲伤，甚至有些苍老。

我不打算同情他，准备好要追问他一个简单的问题:我是萨默斯·加菲尔德吗?

但是我们还没坐下，他就从风衣里匆匆忙忙找出一个扁平的马尼拉纸信封拍在桌子上，"我本不该给你这个。"

"那就别给我。"

"这是亨特医生日记中的一页，记载着埃尔维斯·普雷斯利出生的那天晚上究竟发生了什么。这里的内容和同一个医生写的'新生儿报告'自相矛盾，这其实是中央情报局的一个骗局。"

"哦，天啊！"

"这是一个复印件。原件在我的保险箱里。法律天才埃斯蒂斯和弗兰克斯，"他说，"他们警告我说我不该持有这些东西。它在一次盗窃中被泄露出来，我没法在电话上对你说这些。"

"我是说，八千五百美元，天啊，马克。"

"花了一大笔钱。为了证实这一页纸的真实性，老家伙埃斯蒂斯又收了我两千美元。"

"证实了？"

"部分证实了，大部分——这就够了。他们的说明信钉在文件上。"

"马克，当我听到中央情报局这几个字……"

"我现在把这些交给你。收下它。我们明天再谈。收下它，凯夫！——这不是什么圈套。"

我们最后吃了一顿基安蒂晚餐，用餐过程并不十分愉快。

我可能见过一两次马克喝酒，但从未见他这样喝醉过。很显然，为了让密西西比州政府同意掘开新生儿杰西·加龙·普雷斯利的坟墓，他花费的不只是金钱。他已经耗尽了自己的能量，自己的希望。"对于愚人来说，证据永远不够。他们还会说我无法对伤害提出法律申诉——他们说，这是没有对手的战斗，只有我一个人在作战。"后来，醉意更浓的时候，他说，"但是我能拿到更多的证据。我会亲自去把墓地挖开。"又过了一会儿他说："想象一下，在寒冷发霉的地下埋藏了六十年后，一个孩子的棺材被拖出来，下面摇晃着树根和泥块，滴落着脓水。"（邻桌的客人问道："说话一定要这么大声吗？"）

午夜时分，我把他送进出租车。我们约定明天一起吃午饭，但没说地点。马克的情绪看起来好些了。

他前往住在上西区的朋友家，我也回我的住处去。带着几分醉意，我大口呼吸着夏末空气中的氧气。我乘了一小会儿地铁，在地铁上我撕开埃亨的信封，眯起眼看着里面的复印件："……具有优势数量事实支持该文件真实性申明（见附图 A—H）。但也应被记录在案的是部分证据可以削弱，甚至可能否定其真实性申明（见附图 I—L）……"我把这些纸张卷起来，折成尽量小的纸团，仿佛想把整个事情压缩进一个不存在的状态。我走进城市深处，很快就回到位于下城二十三街切尔西的住处，醉醺醺地躺倒在枕头上，我住的酒店是一座建于十九世纪的老房子，木质结构呻吟不停，房屋倾斜随时有人身危险。作为酒店，它还有借口可以慢慢消亡，只是因为它可以出卖自己悠久的文艺历史。周围没有任何餐馆，也没有客房送餐服务，你习以为常的种种电梯服务在这里想都不要想。"这里没有吸尘器，没有规矩，也没有羞耻感。"阿瑟·米勒曾经这样说，尽管如此他还是在这里住过好几年。我住在这里是因为它

180

的艺术品，地板到天花板之间的墙壁上挂满了油画，每一个角落和缝隙里都有醒目的雕塑守护着，从天花板上悬挂着成堆的垮掉一代风格的风铃，在空中自成一体。在切尔西你有可能遇到任何人——比如说，第二天早上我独自走进那个让人很不放心的小电梯，电梯到达四楼时，演员彼得·奥图 ① 走了进来。我们同处在一个封闭的小空间，交换着彼此的呼吸，震惊之下，我对他说："我觉得你是个了不起的人，《统治阶级》《阿拉伯的劳伦斯》……"之类的话。彼得·奥图认真地听我说话，表现出惊喜的样子，好像他从未听说过这些电影似的，甚至也从没听说过自己的名字。在有点怪异但充满艺术氛围的大堂里，他停下来和一对老夫妇说话，他们说了和我一模一样的话，他在整整一分钟里用真诚的微笑给予了他们全部的注意力——顺便说一句，他的眼睛真是深蓝色的。当时，我正准备出去随便找个地方吃早餐，但是我从前台服务员的收音机里听到新闻说一架飞机（我当时假设是观光飞机）刚刚撞上世贸中心的二号大楼，我决定从在我西边半个街区的地铁站搭乘三号地铁，去看看是怎么回事。

　　我一边往第八大道走，一边试图给马克·埃亨打电话商量午饭的事情，但是我的手机只能发出快速的蜂鸣声。请别问我这是怎么发生的：我穿过繁忙的酒店大堂，在人

---

① 彼得·奥图，爱尔兰著名演员，代表作有《阿拉伯的劳伦斯》等。

群拥挤的曼哈顿大街上走过长长的半个街区，然后搭上了去世贸中心的地铁，全然不知我正走进一场全城大灾难，走向灾难的中心。

地铁的世贸中心站在二十三街向南几站的地方，但我没能赶到那里。在克里斯托弗街站后，列车在一个隧道里停下来，带着轰鸣声等待着。列车尖叫了一声，轻微颠簸后退了一下，又停下来。新闻设法渗透进了地下封闭的环境内，一件史无前例的重大事件刚刚在附近发生，我所在的车厢变得异常安静，几乎每个人都在和手里无用的手机进行一场小小的绝望的战斗。列车继续前行，恢复了平常的速度，但是在离下一站休斯敦街站很远的地方就开始刹车，车停的时候，最后几节车厢还留在隧道里。在这令人紧张的时刻，想说话的人只敢轻声低语。忽然传来一声大叫——"告诉我们发生了什么事？"接着其他人也发出同样的呐喊，最后我们听到驾驶员在广播中宣布轨道上出了点问题，是轨道的问题……"由于这个重大事故，列车无法继续前行。请大家从前方车厢下车，撤离车站。请不要攀越铁轨。"每个人都站起来，带着自私的目的移动身体，找到角度靠近车门。但是车门并没有打开。列车引擎也停下来了。"打开门！打开门！"引擎又发动了。一个人大喊，"大家都不要动。"后面车厢的人已经挤进我们车厢，有人差点摔倒。一个女人喊着："停下来，你这个白痴！"我前面一个男人在推他身边的一个十几岁的男孩，用拳头击打

182

孩子的头部。我加入了这场混战，是的，哈林顿，像只猴子一样，我加入了斗殴，眼睛上挨了一肘子。车厢的门打开，人们涌到车站的站台上。一个梳着发辫的人穿着深红色运动服，在一张长椅上上下跳动，仿佛那是一个蹦床，他尖叫着："上帝，看看我们在这儿都做了什么。"我走到大街上，头晕目眩，只有一只眼睛能看清，我无法保持从容。我向南看，只能看到一座大楼，上面燃着熊熊大火。我问身边的一个人："我们这是在哪里？我怎么看不到另一座大楼?"他回答说："另一座楼塌了。"我说："不是吧。"他没有和我争论。我们混在成千上万人中，站在大街中央，所有人一动不动，像是一个忽然被静止的游行队伍，一片沉寂。我开始相信那个人说的话。我们看着大火在二十分钟时间里蔓延到大楼的高层，然后这座一千八百英尺高的建筑像是屈膝行礼，微微向左偏，就倒下了。

　　我转过身，看着身后的人们。我看到惊恐之下有人笑，有人哭，恐怖，困惑。我身边的年轻人嚎啕大哭。我不敢问他大楼里是否有他爱的人——我什么都不敢和他说，但是他把脸转向我，如同基督般满脸痛苦，他突然哈哈大笑起来说："伙计，你一只眼全黑了。"我们站的地方离大楼很远，我猜至少是一英里以外，这么远的地方，我们感觉不到地面的震动，除了警笛也听不到别的声音，只有一些像是工作人员的声音在大叫："离开大街！别停留在街上！"以及其他的"他们袭击了国会！五角大楼！白宫！"

堆满了尘土和混凝土块的警车和救护车从南边向我们驶来，我朝着那个方向走过去，不知道为什么，但我很快意识到我是唯一朝着下城方向走的人，很快逆行的惊恐人潮向我涌来，我无法穿行，只好转身，随着人流向北走。

我忘记了自己和马克的约会，几年后，他向我确认，他也忘了那个约会。

在朗读他的作品时，马克用一段埃尔维斯的歌曲《爱我》的开始部分取代了自己的作品，我不知道马克·埃亨是否决定首次公开展现自己是个埃尔维斯狂热分子。这首歌曲出现在埃尔维斯一九五六年的同名专辑里——

> 把我当作一个傻瓜
>
> 对我刻薄又冷酷
>
> 但是你爱我……

在国家图书奖的典礼上，《他吃下的梦》并没有获奖，这让台下的观众有种无法描述的愉悦感。但是他们还是让马克朗读了自己的作品。

第二年的元月八日——现在是二〇〇二年——我的电话很早就响了。我猜是马克打来的，因为这天是埃尔维斯的六十七岁生日，但是即使是埃尔维斯的六十七岁生日，对于文明社会的交流来说，这个时间打电话也太早了。所以我没有接电话，而是让语音信箱跳起来，一个小时后我收到了这样的留言：

"我从一家汽车旅馆打来。凯夫，我在图珀洛。我刚从坟场赶来，刚进门。我把电话上弄得到处是土，"一阵噪音，手忙脚乱，然后是擦拭的声音，"我把棺材打开了，凯夫。里面有具小尸体，但是我看清楚了他的脸。"

我回了条留言，没有再收到回电，就又给他打了几次。几周后，马克出现了，我们谈了话，但只是在电话上。他拒绝承认第一次给我留言的内容——"我刚从坟场赶来"等等。他吞吞吐吐，神秘兮兮，用了很多法律托词——"别忘了我的朋友埃斯蒂斯和弗兰克斯，他们也是我的朋友，和你一样，我听从他们的建议，不再谈论这些。"我想出一种提问方式，他可以回答问题但不至于牵连自己："至今为止，你对于杰西·普雷斯利坟墓中的内容是否感到满意？"他说是的，他相信坟墓中有一个棺材，棺材中有一个婴儿。接下来他就说多了，说得太多了："好吧，该死的，当然，我挖开了坟，棺材埋得很深，这是个邪恶的罪过，是我灵魂的罪过。但是你读过医生的报告，他日记中写的。我还有什么其他选择？医生让我别无选择。"他的信号中断了。

自从"九一一"的晚上之后，我再没想起过马克花了八千五百美元买到的那张纸，但是我知道它在哪儿。我穿着浴袍、秋衣秋裤和没有鞋带的靴子，踉踉跄跄地走过门外的脏雪，来到车库。车库是一间小木屋，我在伊利诺伊州住的时候租了一个农舍，小木屋连着农舍。我在车里找到一只旅行袋，在里面的一个口袋里，有垃圾，有绒布，也有让马克的灵魂犯罪的有力动机。

现在是中西部的一月，下午五点钟天就黑了，从天际散发出微弱的、冻住的粉色光线，身体不会很快暖和起来。回到屋里，我把暖气调高，在落地的炉栅前摆了张椅子。我在椅子上坐下，撕去前面的背景说明，读到：

一九三五年一月八日：

杰西·加龙·普雷斯利出生于凌晨四点整，死去？

埃尔维斯·亚伦·普雷斯利出生于凌晨四点三十五分。

被邻居汤姆森太太用电话叫到普雷斯利家住处，她说她听到生孩子的尖叫声。

凌晨四点十五分赶到，开门的助产婆对我说："我会埋了那个生下来就死掉的孩子。"然后她立刻走入夜色，带着用枕头套包着的死去的婴儿。

我看到产妇格拉迪思·普雷斯利躺在床上，孩子的父亲弗农·普雷斯利在厨房里。年轻的丈夫像是喝醉了。看到我时他只说了一句："我们没邀请你来，先生。"

我想记录一下在当时情形之下他们的行为：他们对幸存婴儿的降生没有表现出任何喜悦，对夭折的婴儿也没有表现出悲伤。第二个婴儿一生出来，没有什么症状，母亲就让我离开。我提到十五美元出诊费，丈夫一再说他没有叫我来，是邻居叫的。

我感觉很不自在，这一切都不对头，特别是助产婆带着死婴离开。我说我不能登记死亡证明，但他们要登记。按照法律要求，我索要了助产婆的资料，他们给了我一个名字，萨拉·简·雷斯特尔。

我首先确认了新生儿生命体征无恙后，就离开了。

是的，马克盗了一个婴儿的坟墓。如果他事先告诉我，如果他要我和他一起干，帮他的忙，做他的同谋，我会不会同意？我会立刻同意，而且心怀感激。我对他的力量将信将疑，但我很看重他的投入，而且推崇他的勇气。南方古老的坟地有一种力量，像核泄漏灾难现场一样，让人感觉到对健康的威胁。我记得我提到过，我母亲的家族来自卡罗来纳州；在那里尽人皆知，如果有人出于疯狂或者好奇，在新月微弱的月光下穿过坟地的话，夜晚的坟地会在脚下震动。那天晚上，马库斯·埃亨就是这么做的，他手持蒙着布的手电筒，潜入位于图珀洛郊外的普莱斯威尔墓地，掘开坟墓，在冬天的草地下寻找埋在那里的一块带有数字"867"的金属记号牌。除了手电筒，他还带了一把挖铲和一把铁锹，戴着工作手套，穿着工作套靴和卡哈特工装裤，我后来听说，这些都是从图珀洛的西尔斯奥特莱斯商店里新买的。马克对掘土很在行——他以前的工作是帮

187

着做房屋景观——每小时能向下挖两英尺多深。如果他从午夜开始挖，到凌晨三点，他已经在擦拭棺材上的土了，很快就能看到孩子尸体的脸（如果脸还在的话），这张脸已经有六十七年历史了。

关于细节，马克依然有些半遮半掩。我猜想他把棺材放回到墓穴中，重新埋了回去。假冒的尸体，虚构的文件，伪饰的过程，令人恼火的难题。我等着看他如何理清头绪，这一等就是很多年。

先是我的父亲去世了。接着马克的母亲去世了。后来我的母亲去世了。再后来马克的父亲也去世了。父母双亡后不久，马克陷入了和女人的痴缠中：六年里他结了三次婚。至于我，我没再结婚。可怜的我，依然爱着安妮。

近些年来，我和马克的联系虽不频繁，却很温暖，我们没觉得一定要经常联系。我们始终是朋友。但是必须承认，马克和我渐行渐远。

还有件事：二〇〇一年出版的《他吃下的梦》是马克的最后一本书，那是十五年前。

~~~

六年前的春天，我去波特兰大学做一个关于黑山诗人的演讲。没有一个听众到场。到了演讲开始的时候，一个学生把我从英文系办公室带到化学系的礼堂，将我独自留

188

在那儿。五分钟后，一个动作敏捷、打着领结的英语系讲师，推着一个小推车进来，推车里是餐前小点、咖啡和果汁。他向我介绍了麦克风的用法，递给我一张几百美元的支票，在寂静的、空无一人的礼堂里用轻快的低语向我解释说这个演讲的组织者，查伦·肯尼迪女士，她最近在个人生活中经历了情绪崩溃，可能是感情方面出了问题，一个人跑到了葡萄牙，这个演讲活动目前陷入困境，特别是关于我的来访，因为此次活动没有安排任何宣传。我在这里手持麦克风，站在讲台上，还有足够八十个人享用的餐点，这一切都成了一个被深藏的秘密。把钱交给我后，来接待我的人和我握手，向我保证说没人会来，我不用待在这儿假装付出了劳动来获得回报，并再次向我道歉说他自己也得马上离开去参加一个系里的聚会。查伦·肯尼迪女士，无论你在哪里，我向你竖起我的中指。今天听起来像是个好笑的故事，但是当时我觉得非常愚蠢和倒霉。

但是马克·埃亨出现了。

他留着一头长发，头发缠绕在一起，也没有剃须，穿着一件大号毛衣，一双旧皮鞋。在我看到这些的时候，他正径直向我走来，但他的神态绝对像是一个觉得自己走错房间的人，走路的时候不停地慢慢转动身体，观察着四周，我猜他是在寻找其他人。

"没有别人了。"我对他说。

他把我拥入怀中。在我的脸庞上大声亲吻，留下湿痕。

他变老了，头发变得灰白，脸上有深深的皱纹，看起来像伤痕一样。眼白上泛着红色，瞳孔是蓝色，整体效果是紫色。我听到有流言蜚语说他经历了——不清楚是什么。酒精，或白粉，或者是狂躁症，抑郁症。马库斯·埃亨已经有九年没有出书了。

他的眼睛里依然保留着幽默和热情。"自从双胞胎死后我就没见过你了。"

"什么双胞胎？哦，对，你是指双子大厦。"① 双子大厦，普雷斯利双胞胎，埃亨双胞胎，这一系列双胞胎的相关事件在这些年里一定带给他很沉重的打击。我以前从没这样想过。

马克和我并排坐在主席台的边缘，双脚悬空，吃着送来的三角形三明治。我们左面的墙上陈列着元素周期表。右边墙上是开得很高的窗户，窗外有成片的常青树，沐浴在夕阳的光晕里。我俩的身后有一对很舒适的椅子摆在主席台的两侧，等待着一场台上的访谈，我事先并不知道安排中有这一项。马克告诉我他本来是主持人，和我一起讨论的伙伴。（如果查伦·肯尼迪完成自己的工作，我原本应该知道这回事）马克在尤金的俄勒冈大学教书，离波特兰有两小时车程，他在那儿已经好几年了。"自从我不再出版新书，他们认为我成了他们中的一员，想给我一个终身教

---

① 英语中双胞胎和双子大厦是同一个词。

职。但是很不容易，凯夫，因为他们想让你表现得很渴望这份教职。"

我也想在我教书的中西部大学里得到一份教职。这是我全部的事业追求。但是我说："马克——"

"凯夫。"

"关于埃尔维斯的事情……你跟其他人提过吗？"

"没有。"

"你的前妻们呢？"

"哦，不会。从亨特利小姐出现开始，那个阶段就过去了。她是我的第一个妻子。"

"那个阶段。"

"整个关于埃尔维斯阴谋的阶段。我陷得很深，凯夫，但并非没有尽头。"

"我是唯一知道的人。"

"是的，自始至终一直都是。"

"为什么只向我坦白呢？"

我很确信我看到真相正在出现，真相就写在他的脸上，但是转眼就消失了——他并未说出真相——相反，他的表情显示他在说谎：

"为什么是你？因为你能懂得被埃尔维斯感动是什么感觉。我知道这话听起来非常愚蠢，但是你确实懂，我知道这是千真万确的。还有其他原因：你的脆弱，凯夫，这是你的品质——好像你童年时代的恐惧从未离你而去。"

"这听起来像是你希望的理由——但它不是。你在掩盖真相。"

"我掩盖了什么?"

"马克,在这个世界上,我是你最亲密的读者。我知道你什么时候在撒谎,什么时候在说实话。你几乎一直在说实话。"

接下来是一阵沉默。他把三角形三明治放在一边,嘴唇微微动着像是在品尝着自己没有说出的话。他看着我们左边的墙壁,打量着上面的元素周期表,那些物质存在的元素类别和它们的符号,他的眼睛一眨不眨,我注意到他仿佛是特别聚焦在某一个元素上,我看不出是哪一个。我心想,天啊,他也会哑口无言。

"我希望兰斯的墓志铭上写着:'上帝崇拜他。'我父母说这会让人震惊。"

"他的墓志铭写了什么?"

"我们一直没选。也没给他的孪生兄弟选。我告诉过你吗? 我的哥哥们是葬在一起的。他们中间隔着五英尺距离和十八年时间。"

"没有墓志铭。"

"只有每个人的名字。兰卡斯特·史密斯·埃亨。"

"另一个名字呢?"

"萨默斯·加菲尔德。"

我觉得我的震惊可能表现得过分夸张了,我张大了眼睛和嘴巴,它们几乎占据了整张面孔,我直接跳了起来,像是大街上的哑剧演员。

马克笑起来："你记得这个名字！为什么你从来没问过我，你这个老教授和萨默斯·加菲尔德之间是什么关系？你知道我等你问这个问题等了多久吗？"

我尽量冷静地说："让问题去死，马克，答案是什么？"

"凯文·彼得·哈林顿：你是萨默斯·加菲尔德转世，我哥哥那个生下来就死掉的孪生兄弟。"

"我是你哥哥。"

"萨默斯出生和死亡是在一九四九年七月十三日，你一周后降生，对吗？一九四九年七月二十日？"

面对这种对我的灵魂的妄自尊大而疯狂的攻击，我期待自己的反应是不由自主的大笑，而肠胃里像是堵着沉甸甸的东西。但是我没有，这一次，我感受到一丝陶醉。无论是谁主宰着星球本身和它们之间的影响，马库斯·埃亨和我都被它们当成了兄弟。在这个空荡荡的礼堂里，在元素周期表的边上，这个疯狂愚蠢的小场景让我感觉到一种自由。我看到很多过去自己从未听说过的元素——全新的元素，我觉得自己也变成全新的元素之一，在量子溶液中闪耀前行，从未知中一跃而出。"我是你的兄弟。"至今我都相信。

～～～

在马克·埃亨是我学生的时候，我对他说他写得非常好。他说这并不是他要做的最重要的事。

我很好奇那是不是他优秀的秘密。我也好奇他的狂热是否能减轻他的天才带来的压力，让这种压力不那么难以忍受。

这个国家最好的诗人，马库斯·埃亨，有十五年没有出版过诗歌，一个字也没有。两天前，也就是埃尔维斯的生日当天，孟菲斯警察在格雷斯兰逮捕了他。如果在这次埃尔维斯事件后他文思泉涌，出版另一本令人瞩目的书，我一点也不会吃惊。

两个月前，我收到一封马库斯·埃亨发来的电邮，他在电邮中提到了一个很久以前的线索：**分享时光的故事——记得布莱特夫妇，罗恩和欧帕尔吗？按那个故事的时间来看，一九五八年十一月时，埃尔维斯已然是一个鬼魂。他说他曾在天堂的街道散步。在一九五八年。**

我马上回复了他的电邮，我指出，为了能接受一九五八年时埃尔维斯已经身在天堂的这些证据，我们首先得接受死后的生命，天堂，鬼魂，所有这些。

马克在两天后回复我说：**我微笑着耸耸肩，死后的生命，鬼魂，天堂，永恒——当然，我们对这一切都自以为是。不然还有什么乐趣？**

他的第一封电邮结尾的署名是：**和平／爱／埃尔维斯。**
第二封电邮的结尾是——
埃尔维斯的致意。

Denis Johnson
The Largesse of the Sea Maiden
Copyright © 2018 by Denis Johnson, Inc.
This edition arranged with The Marsh Agency Ltd & Aragi Inc
Through Big Apple Agency, Inc., Labuan, Malaysia.
Simplified Chinese edition copyright © 2021 Archipel Press
All rights reserved.

图字:09-2021-806 号

图书在版编目(CIP)数据

　　海仙女的馈赠/(美)丹尼斯·约翰逊
(Denis Johnson)著;应晨译.—上海:上海译文出
版社,2021.10
　　书名原文:The Largesse of the Sea Maiden
　　ISBN 978-7-5327-8835-4

　　Ⅰ.①海… Ⅱ.①丹… ②应… Ⅲ.①短篇小说-小
说集-美国-现代 Ⅳ.①I712.45

　　中国版本图书馆 CIP 数据核字(2021)第 184004 号

海仙女的馈赠
[美]丹尼斯·约翰逊　著　应　晨　译
特约策划/彭　伦　责任编辑/徐　珏　装帧设计/一亩幻想

上海译文出版社有限公司出版、发行
网址:www.yiwen.com.cn
200001　上海福建中路 193 号
上海信老印刷厂印刷

开本 850×1168　1/32　印张 6.25　插页 2　字数 90,000
2022 年 1 月第 1 版　2022 年 1 月第 1 次印刷
印数:0,001—6,000 册

ISBN 978-7-5327-8835-4/ I·5458
定价:59.00 元